妄犬日記

姜信子

ぷねうま舎

目次

装画＝山福朱実　ブックデザイン＝恵比寿屋

やがて時がたつと、わたしたちは永久にこの世にわかれて、忘れられてしまう。わたしたちの顔も、声も、なんにん姉妹だったかということも、みんな忘れられてしまう。でも、わたしたちの苦しみは、あとに生きる人たちの悦びに変わって、幸福と平和が、この地上におとずれるだろう。そして、現在こうして生きている人たちを、なつかしく思いだして、祝福してくれることだろう。

——チェーホフ『三人姉妹』より

プロローグ

星の教え

ここに星に呼び出された者たちがいる。


星に呼ばれた彼らは、その呼びかけで結ばれた一個の星座のようでもある。

だが、幸か不幸か、彼らは星に呼ばれたことを知らない。

互いの関わりあいも知らず、そうやって呼ばれて結ばれたことの意味も知らない。

そう、知らないのだ。なのに何事かを知っているかのように生きているのだ。

まるでひとりで生まれて、ひとりで生きて、ひとりで何かを選んで、ひとりで死んでいくかのようにして。

おまえたち、いったい、いつ気づくんだ？

星のひそかなまたたきがそう囁きかける、声もなく。

彼らは試されているのだろうか？

星のまたたきも知らずに、彼らはそれぞれに出会って、すれ違って、もつれ合って、ほどけて、ひとり明滅する。

その男を最初に「王様」と呼んだのはKという女だった。星の教えによれば、Kという女にはその男を愛する理由など何ひとつなかった。ただからみつきたいだけのことだった。からみつけば生まれる何かはあるようだった。

次にその男を「王様」と呼んだのはLという女である。Lにもまたその男を愛する理由は何ひとつなかった。愛さない理由なら果てしなくあるようだった。いためつけあえば生まれる何かもあるようだった。

Kの前に、口にこそ出しはしないが、その男が「王様」であることに勘づいていたのはJという女だった。Jにもまたその男を愛する理由は何ひとつなかった。Jの前のIも、Hも、Gも同様だった。「王様」と声にして呼ばないという一点において、彼女たちは賢明だった。

王様は一匹の犬を飼っている。王様がいるならば、女王もいる。女王は犬の良き友である。ただし、王様との関わりは犬に比べるとすさまじく薄い。

そもそもの1　またの名を「漠たる王様」

秘め事はいつも夢の中で行われるのだと、それは王様の持論。しかし、夢の中の秘め事には、いったん夢から身を離してしまえば、王様自身ですらもう手が届かない、だから王様はいつも夢の行方を探り当てようと、はたから見たらそれはもう熱心に中指を虚空に突き立てるのである。

どこからかやってきて、無条件にわが身を包み込む夢は、無条件に愛しい。どんな夢であれ、夢には包み込まれねばならぬのである。これも王様の断固たる持論。だから、すべての愛しい夢のほうへと右利きの王様は右手の中指を突き立てるのである。左手は通り過ぎていった夢を惜しげもなく振り払うかのように、きっぱりと腰にあてられているのである。両足は肩幅の広さに開いてぐっと床を踏みしめているのである。

夢であろうとなんであろうと、すべての秘め事、すべての悪事、すべてのつくり事、すべての真実、すべての嘘、すべての恥ずかしいこと、すべての忌まわしいこと、すべての悦び……、つまりは人が生きる上で大切なことのすべては、穴の中に潜んでいるのだと、これも王様の揺るぎない持論。だから、王様の中指は穴めがけて差し込まれるのである。この世は穴で満ち満ちているのだ、この世は穴でできているのだ、無数の穴に無数の夢が潜んで蠢《うごめ》いているのだ、捕まえてやる、逃すものか、逃すものか、私の夢、私の秘め事、私の嘘、私の真実、私の恥ずかしくて忌まわしくて嬉しくてたまらないすべてのこと、それはつまり私そのものなのだ、私が穴に潜んでいるのだ、逃すものか、逃すものか、取り戻すのだと王様は果てしなくきりもなくこの世のこの虚空を満たす無数の穴に向かって中指を差し込んでいくのである。

王様は鍛え上げられたその中指で穴の襞を探る。点字を読むようにして、そこに潜んでいる夢の中に入り込もうとする。モールス信号を打つようにして、穴の襞をそっと撫でるように叩いて夢に語りかける。何を語りかけているのかと王様に尋ねたところで、言うわけもない。これは王様が夢と一緒に見ているもうひとつの夢だから。夢見る王様に何を聞いても、何も答えるわけがない。答えるときには、もう夢はどこかに去ったあと、夢から醒めた王様は夢を忘れさっている、だから、夢を見つづけたい王様はふたたび夢を探して穴に中指を差し込むほかはない。

ときおり王様宛に夢から手紙が送られてくる。夢からの手紙は悩ましい。そこには、夢の外に出てしまっている王様には、身の覚えのないことが書かれている。

Dear My King
My man's mouth looks like a lighthouse on the sea.
And every time he smiles he shines the lights on me.
Love, K

王様は闇を呑み込んだような口をぽっかりとあけて、この口のどこに光があるというのだ！　いつ私は光になったというのだ！

身に覚えのない光に王様の中指が疼く、手紙を書き送ってきたKという名の夢を探して、虚空の無数の穴めがけて、怒りと悲しみと悦びに突き動かされて、中指を振りあげる。

ときおり夢は王様を愛おしむかのような手紙も書き送ってくる。

If I could lay my head on your chest,
Honey Darling, I could find sweet rest.
If I could sit down on your lap,
Baby mine, I could have a nap.
Sweet rest and a good nap.
Honey baby, I love you.

スイートレスト　アンド　ア　グッドナップ。

探すことにもう疲れていることにふっと気づいた王様はうっとりと手紙を読む。夢を見たんだな、深く深く夢に包まれて眠ったのだな、眠っていた私は夢を深く深く包み込んで眠らせてやっていたのだな、夢はまた眠りたがっているのだな、眠ろう、ぐっすりと眠ろうではないか。余は満足である、まことに満足である。王様はほんのり熱を持った中指でやさしく虚空の穴をまさぐる。

そもそもの2　またの名を「呪われたるK」

Kは歌を解剖する者である。語りを切り刻む者である。「語り」は「騙《かた》り」に置きかえてもよい。「切り刻む」は「切り刻まれる」に置きかえてもよい。

Kは女である。たとえ皺だらけになっても、身が干上がってしまっても、いつまでも少女でありつづけたいと念じて、かつて少女だった頃の幻影でみずからを包み込むうちに、自分はまだ少女であると信じ込んでしまうような、信じる力の強い女である。信じる力が強すぎる人間は恥を知らない。そういう類の女である。客観的には、少女趣味で身や心や言葉を飾るにはかなり無理がある、晩年をそろそろ考えるような年頃の女である。

Kはフーコーを読んだことはないが、フーコーを読むまでもなく、フーコーの描いたとおりの生き方を実践している。権力と支配と服従の関係にはすさまじく敏感である。そもそも本能的に敏感であったと言ってもよい。Kは、支配者の声を内面化するみずからの本能に盲目的に忠実な女である。支配者の夢をわが夢のように生きる幸せに酔いしれる女である。

Kが切り刻むのは主に黒い歌だという。黒人霊歌、ゴスペル、ブルーズetc. 解剖の対象となる歌は、本能の声にしたがっておのずと選ばれてきた。たとえばブルーズ。もともとは、ずいぶんと若い頃に出会い、ともに暮らし、熱烈に服従した白い男の嗜好だった。とはいえ、この白い男は、今はもう服従の対象ではない。むしろ追放の対象である。ブルーズをわが解剖学の対象としてしまったからいたしかたないが、白い男への服従心が失せた今、実のところ、もうブルーズなんて聴きたくもない。

服従する相手を失ったKの寄るべない服従心は、服従するに足る王を探し求めている。Kはひりひり渇く心である。欲しい欲しい王様が欲しい、私だけの王様が欲しい……。

それにしてもいかにも物欲しげに欲しい欲しいと口走るわけにはいかないのである。少女はそのような破廉恥なことは口にしない。熱心な解剖学者もそのようなことはけっして口にしない。だから、賢くて愚かな大人の女でもあるKは、知らず知らず自分に呪いをかける。あまりに過ぎた願いや祈りを身に宿らせるものは、われ知らずおのれに呪いをかけ、他者を呪いでからめとろうとするものなのである。

Ｋの服従する心は、服従とは恋なのだ、愛なのだと、Ｋに逃げ道を教える。欲しいを恋しいに言い換えてＫを騙して、恋しい、恋しい、Ｋはわが身に呪いの釘を打ち込むように、ぶすり、ぶすり、恋しいと一言いえば百日の呪い、恋しい恋しい、二言いえば千日の呪い、まだ見ぬ王様が恋しい、四六時中、おのれの心に呪いの釘を、ずぶりずぶり手当たり次第、南無や大悲の観世音、南無や筑紫の宇佐八幡、ありとあらゆるカミホトケに呪いの願いをかけて、ひと釘、ふた釘、あらいたわしや、ぐさぐさと呪いの釘は目にも打ち込まれて、目はくらぐらと白く濁って、服従する心の澱んだ本音もこぼれて、ああ、ああ、王様が欲しい、王様にひざまずきたい、からみつきたい、しがみつきたい、ささげたい、そしてはっとわれに返って、われをたばかる。

神様、お願いです、私はそろそろ皺にまみれて死んでしまうような年だから、そんな悲しくて寂しいことも忘れる、無垢な少女のような恋をさせてください、素敵な王様と出会わせてください、私には、恋が、愛が、王様が足りないのです、白い男に代わる新しい王様が必要なのです。

Ｋは服従するに足る惚れ惚れするほど立派な王を、闇に潜む獣のようにつねに探し求めていた。

Ｋがその男と知り合ったのは、顔にも首にも腹にも皺が波打ちはじめた頃のこと、齢五〇を越え、じりじりと一年、二年、夢が色褪せてゆくことに怯えていた頃のことだった。出会いの経緯などを詳細に語る必要はなかろう。所詮、たいした意味はない。男の経歴、男の風貌といったことも取りたてて語る必要もない。大切なこと、意味あることは、男が王様であるか否か、ただそれだけ。

目の前で微笑む男は、特徴のない男だった。主張のないおしゃれで品よく身を包んでいる男だった。生活のにおいのない男だった。Ｋはこころみに男を褒めたたえた。男の声、男の受けこたえ、仕草、耳に聞き目で見る男の何もかもを賛美してみた。不自然なまでに礼賛してみた。崇め奉るＫの言葉を、男は微笑んで聞いていた。捧げられる好意に無防備で貪欲な男だった。水を飲むように息をするように、あたりまえのように、賛辞を受け取る男だった。Ｋの服従する本能が働いた。この男は王様。ついに見つけた、新しい、私の王様。

瞬時にＫは男にひれ伏した。男に夢中になった。四六時中男に逢いたくてたまらなくなった。男にしがみつきたくてたまらなくなった。一刻も早く身を捧げたくてたまらなくなった。

あなたは王様、私の王様、貢物を差し出しましょう、王様、ねえ、王様、私はあなたのしもべです。

あなたに歌ってさしあげましょう、あなたをたたえる私の言葉であなたを満たしてあげましょう、しもべのほかの余計なことなど、ほんの塵や埃ほども、けっしてお考えにならぬよう、あなたの心を私の歌と語りと夢と幻でいっぱいにしてしまいましょう、あなたがあなたの心に自分の居場所など持たぬよう、そんなことで心をお煩わしにならぬよう、あなたの心を私でいっぱいにしてさしあげましょう。私の歌は黒い歌、服従の喜びを歌うこの口で、わたしのこの小さな口で、所在ない大きなあなたをまるごとほおばって、のみこんで、私があなたの居場所になってさしあげましょう、あなたは王様、その身をすっぽりのみこまれる悦楽にも動じない、うっとりするほど欲深い王様、おいで、おいで、私の王様、おいしい王様……。

Kは礼賛も媚びもへつらいも呪いも肉も欲も自分から差し出されるものを、あたりまえのようにすべて受け取る男が愛しくてたまらなかった。

男は微笑の奥から酷薄な眼差し。この女、一途な女、バカな女、可愛げがなくもない女、憐れみをかけてやろうか、慰めてやろうか、愛を施してやろうか。あさましいぞ、おまえ、愛しいぞ……。

こうしてKは見事にみずからにかけた呪いに望みどおりに堕ちていった。無防備で貪欲で憐れみ深い男は、すばらしく巧みにKに呪われた。みずからすすんでKの呪いの穴をまさぐりはじめた。男はKが見込んだとおり、見事に「王」であった。

それからというもの、何度でも、くりかえし、Kは王様の足元に全身したたり濡れる思いでひざまずき、這いつくばり、からみついた。からみつかれるたびに、王様は、厳かに、居丈高に、王の威光をほとばしらせて、朝も昼も夜もKを憐れんだ。Kを踏みにじり、Kを切り刻み、Kをはずかしめた。朝も昼も夜もいつでも、Kが王様の前にひざまずき、這いつくばるかぎり、王様はKが満ち足りて果てるまで執拗にはずかしめた。

ううむ、本当によく這いつくばる女だ、飽きもせずからみつく女だ、あられもなく踏まれて切り刻まれる女だ、憐れなしもべ、可愛いしもべ、いくらでもからみつけ、いくらでも切り刻まれろ、ああ、王は満足だ、大いに満足だ……。

王様はKを憐れみ、さんざんにはずかしめたあとには、うしろも見ずに厳かな足取りで王の城へとKの前から去ってゆく。Kは王様に捧げる歌をうっとりと葉書に書いては送りだす。黒い歌のな

かでもとりわけ呪いの深い歌を王様へと送り届ける。まさにいまここに、目の前に這いつくばっている生身がなければ、しもべへの興味もすぐに見失う王様であるから、Ｋが捧げた黒い歌など、床に放り投げてすぐに忘れる。王様の興味は、自分がどれだけ王らしい王であるか、しもべの呪いの穴にどれだけ巧みに厳かに入り込むか、実のところはただそれだけなのだ。

Ｋは王様に持てるすべてを差し出した。けっして王様には逆らわなかった。その代わりに、王様に、ただひとつだけ、Ｋにとってはささやかで可愛らしいことこのうえない願いを、客観的には恥ずかしげもなく幼いおねだりをしてみせた。

王様、いつもおそばに侍ることのできない私のために、おやすみになられる前には、どうか、「おやすみ♡」と憐れみのお言葉をわたくしめに送ってください。それがなければ私は眠れないのです、憐れみの言葉をいただけないのならば、死んでしまうかもしれないのです。

王様は鷹揚にうなずく。それもまた、たとえ一秒でも、可愛いしもべのことを夜ごと身近に思い出させよう、夜ごと思いをますますからみつかせようというＫのひそかな呪いであるのだが、王様は、無頓着に、鷹揚に、いつものように、しもべに実に巧みに呪われて、機械的に憐れみのメールを送る。そう、酷薄な王よりも、機械のほうが温かい。人間に忠実な携帯は、王が最初の一回だけ打ちこんだ「おやすみ♡」を、第二夜からは王が「お」と一文字打ち込むやいなや速やかに誠実に「おやすみ♡」の文字を呼び出し、Ｋめがけて送信する。

王様がうそぶく。余がしもべに送っているのは「お」だけである。あとの文字は携帯のなせる業である。それでもしもべが喜ぶならば、余は満足である。余は憐れみ深い王である。

王様は憐れみ深い。王様は忙しい。王様のＫのもとへのおでましは、せいぜい三〇日に一度。たったそれだけでは夢みるＫの服従心、いや恋の物語は到底満たされるはずもなく、もっと夢を、もっと憐れみを、じれて乾いてせがみつづけるＫの口を封じるために、王様は電話で深い憐れみを授けてやった。電話の向こう、部屋に独り、夢の中で王様にからみつく声を、王様はＫの夢の外の王の城でたった独り、少なからずうんざりしながら、片手間で聞いては、Ｋが果てると「余も果てた」と重々しく憐れみの声をかけた。

しもべを憐れむことは王の務めだから、王様はＫが憐れみをせがむかぎりは、憐れみつづける。それが王様の自然な反応、条件反射のなりゆきの流れ作業なのだ。

それをＫは知ってか知らずか、王様、王様、私の王様、私はしもべ、可愛いしもべ、あなたのしもべ、お願いです、もっともっとあなたにからみつかせて、あなたのお城であなたにからみつかせて、ねえ王様、いつでも、どこでも、私はあなたのものですもの、王様、ねえ王様、嬉しい知らせがあるのです、私はとうとうあの白い男を追放します、私は解放奴隷のように自由になります、私は私の王様を自分で選びます、よろこんでください、あなたのおかげです、あなたのためです、私は、もれなく、すべて、あなたのもの、私のすべてを、もれなく、あなたに、私は王様の可愛いしもべです。

夢見心地でみずからかけた呪いにすっかり呪われて、王様としもべの二人の世界に酔いしれて、Ｋはうかつにも、王様には王様の、王様たったひとりだけが登場人物で主人公の、傲慢で酷薄な王の夢の物語があることに気づかなかったのだろう。

しもべが身のほど知らずにもみずからの「権利」と「事情」を言いつのりはじめたときが、王様にとってのしもべの存在の意味が消えるとき。王様はうんざりしたのだ。王様はそもそもが身勝手な存在であるから、なりゆきで、ある日突然うんざりするのだ。

ああ、面倒至極、厄介至極、要求するしもべなど王には不要である。だが、余は憐れみ深い。おまえが余の前からみずから姿を消すまでは、おまえの望むとおり、夜ごとメールで「お」を打ってやろう。王の退屈な日々の慰めが欲しいときには、欲深いおまえが望むとおりの憐れみをかけてやることもあるだろう。憐れみこそが、王がしもべに与える最高で最低の愛なのだから。このように立派な王に憐れまれるおまえは、なんて幸せなしもべであろうか。このように憐れみ深い王はこの世にはそうはいないのである。だから、これ以上うるさく言うな、せがむな、王の世界に勝手に入り込むな。王の物語を勝手に書きかえるな。おまえは、たったひとり、おまえの奴隷じみた浅ましくもはしたない夢を見つづければよい。私を煩わすな、泣くな、騒ぐな、静かに自分勝手な夢に酔っていろ。

なのに、ある日、突然、王様はプツンと切れる。Kの呪いの穴の効き目も消えて、音もなく、感情もなく、プツンと、これもなりゆきと。

王様は、その前の晩まで、Kにいつもどおり機械的に「お」を送ってやっていたというのに、不意に、一言、消え失せろ！　なぜなら、おまえのほかにも、王にはしもべがいるのであるから、おまえはもう十分に憐れまれたのだからと。
Kがみずからの呪いの中に堕ちていってから、千の昼と夜が過ぎていた。Kが王様を呪いの穴に誘い込み、王様が中指一本でポンと携帯まかせで自動的に毎晩「お」を送るようになってから、八百の昼と夜が過ぎていた。王様の不実な「お」にKが自動的に恍惚とした八百日。Kは王様に放り出されて、自動的に泣いて、自動的に絶望した。それもまたみずからかけた呪いの夢の中の出来事だった。

王様は身勝手だから、すぐにも、Kの呪いの穴に浸って尽くされて絡みつかれた日々のことは忘れてしまった。王の物語はつねに過去には酷薄で、今がすべて。今を生きる王の心のままに物語は自動的につぎつぎ書きかえられる。もはや、Kなど、王の物語の中には、今も昔も未来永劫存在しない。

では、自動消去されたKはどうしている？

みずからにかけた呪いはとけることなく、日々歌を解剖し、日々新しい王様を死に物狂いで探している。絶望しているほど時間の猶予はない、人生は短い、身も心も干からびてしまう前に一刻も早く新たな王を捕まえてやろうと、この世にうかつに漏れ出す王様たちの威光に必死に目を凝らしては、光を手繰って、憐れみ深い王様たちのもとへとにじりよる。這いつくばる、褒めちぎる、絡みつく、身を濡らす、未来永劫呪われて、愚かで幸せなしもべの夢を自動的に見つづける。

そして、これは、なりゆきで書かれてしまった、すでに王様にとっても、Kにとっても、もうどうでもいい、後足で蹴りあげて巻き起こした風塵のような、王様としもべのつまらぬ話。これを書きつけたのは、Kよりももっとずっと愚かな王のしもべである。

おそらく、これもまた、ひとつの呪いである。

【メモ1】
Mary Quant ＝無批判に忠実であるということは、人を惑わす最高にして最大の策略なのだ。
犬＝無批判に忠実であるということは、人間どもの最高にして最大の喜悦なのだ。

【メモ2】
「犬のようだ！」と彼は言い、恥辱だけが生き残ってゆくようだった。
——カフカ『審判』第一〇章最終行

犬

調教

ここ数週間、男の家で飼われている。鎖でつながれているわけではないのだけど、私は男の家につながれて出ていけない。出ていこうともしていない。男は五年かかって私を調教した。

調教とは、バラバラの心と体をひとつに重ね合わせる術を知らない私が、漂う心ばかりを追いかけて、体を脱ぎ捨ててどこかに消えゆこうとするたびに、男が慌てふためいて心に縄をかけて力ずくで引きずり戻すこと。

時には男が滂沱《ぼうだ》の涙を流して、漂う私の心をうなだれさせること。

時には男が漂う私の心をことさらに冷たく突き放して、心を狼狽させること。

時には男自身がその心ごと体ごと、心の抜け殻の私の体の中、私自身でさえ入ってみたことのない私の体の奥の奥へと入り込んで、いずこかを漂う私の心の代わりにそこに住みつくこと。

あるいは、男に帰る場所を奪われた私の心が、そもそもが帰る気なんかなかったくせに、帰れなくなったとひどく嘆き悲しむこと。

つまりは、あらゆる手を尽くして私の心を私の体につなぎとめようとする男の心と体が、私の心と体にだんだんと狎れて馴染んでじゅんじゅんと染みいって、私の体の中にいるのは男なんだか、私なんだか、わからなくなるほどに、二人の心と体が溶け堕ちていく過程が調教。

みずからつながれようとするほどに見事に男に調教された私の、体の、一番奥まったところの秘かな部屋で、いま男は、どうしたことか、きつく縛りあげられ締めあげられて転がされていて、振りほどくことなんて、実のところ至って簡単なはずなのだけど、そのままじっと息を潜めて、やはり出てゆこうともしない。じゅんじゅんと私が染みいるままにさせている。

ええ、私もまた五年間じわじわと男を調教したのです。

指

今日は私が犬になった日。

生まれて初めて犬になりました。

恥辱のような私の人生にふさわしいことと思いました。

私を犬にしてしまった男に感嘆の念を抱きました。

いったい、どうして、私が犬であることがこの男にはわかったのだろうか。

感動して敬意を込めて、私は男を「王様」と呼びました。恥辱を恥辱らしく扱うことを知る者、私の王。

王様は私に新しい名前を与えました。犬の人生にふさわしい犬の名前。

しかし、それは王様と私の間だけの秘密です。

私は王様に尻尾を振ろうとしたけれど、まだ尻尾の振り方がよくわからなくて、その代わりに王様の指を舐めました。

【メモ3】

それは、しかし、夢なのか。恥が澱のようにからだに残ることがある。

——辺見庸『明日なき今日——眩く視界のなかで』所収「鬮」より

「恥じる」という能力は、人間が誇るに足るものだが、それは正しい筋道で用いられなければならない。

——西成彦『胸さわぎの鷗外』より

考える

犬になった私が犬について考えるといえば、思うにいつもそれはロンのことを想い起こすことなのだ。

ロンは私が小学校に入学した年に、外回りの営業の仕事をしている父が巡回ルート（という言い方がただしいかどうかわからないけど）、ともかくその巡回ルートのうちの一軒、たぶん加藤さんとかいう苗字の家からもらってきた、真っ白で毛足が短くて手足は頑丈で耳が三角に二つ並んでピンと立っている顔の造作も大雑把で、あまり吠えもせず、いつも照れ笑いのような表情を浮かべている、田舎の素朴な少年といった風情、そんな印象の子だった。

きっとどこかで間違いが起きていたのである。というのも、ロンは、加藤家の、その頃、つまり六〇年代に大流行りの犬種だったスピッツが産んだ数匹の子犬のうちの一匹で、当然にわが家ではスピッツをもらってきたと思っていたわけで、よそんちにもらわれていったロンの兄弟たちも当然に華奢なスピッツとして成長していったのでもあって、なのにうちのロンだけはなぜだか顔も素朴に大雑把なまま、毛足も伸びず、どう見ても柴犬、いつまで待っても柴犬だった。

そう、どこかで間違いがあったに違いないのだ。

間違いというものは、ぐるぐる同じところを回っているうちにどうしたって起きるものなのであって、父は外回りの営業で馴染みの家を毎日毎日巡回していたわけで、そのうちの一軒がロンの生まれた家であって、まさかその家で父が間違いを起こしたとは言わないけれども、父の名誉のために言うならば、父はけっこういい男だったのだ、だから間違いを起こすなら、おそらく何かの拍子の間違いではなく、確信犯で、加藤さんちのほかのどこかの家でかならずや立派な間違いを起こしていたに違いない、父はそういう手堅い人間だった、なのにその手堅い父がもらってきた子犬がスピッツの母親から生まれた柴犬というのは、いったいどういう間違いがそこで起きていたのだろうか。一緒に生まれた兄弟たちはみなスピッツになって、この子だけ柴犬になるなどという間違いの起こり方があるものなのだろうか。

ロンもそのうちスピッツになるさ、とわが家の大人たちはきっとどうでもいいことをどうでもよくないかのような、期待となげやりとどちらにでも取れるような、あえて言えばとても残酷な物言いをして、子供だったあの頃の私はと言えば、いつかきっとロンはスピッツになると一途に信じて、柴犬のロンのなかにスピッツの兆しを日々探しつづけたのだ。ロンがたった六歳でフィラリアでごぼごぼと咳き込んで柴犬のままで死んでしまうまで。

スピッツでも柴犬でもロンはロンなのにねぇ、ロンと呼べば、しっぽをぐるぐる振り回して走ってきたのにねぇ、犬のくせして味噌汁ご飯が大好きだったよねぇ、おすわりもできたし、お手もできたし、おあずけと言われれば、味噌汁ご飯を前にしてよだれを流して待つこともできたしねぇ、なによりロンはロンだったんだよねぇ。

ロンは切ない目をした犬だった。ロンのことを想う私も、今では切ない目をした犬。言われたとおりに、なんでもできる。私以外の何かになることのほかは。

服従

犬の切ない目をじっと覗き込んで王様が言った。

――おまえは裏表のない良い犬だから、おまえだけには本当のことを話そう。私は小さな頃からずっと、こうして王様になっても変わることなく、どうしようもなく、犬という犬が怖くてたまらないのだ。噛まれたことがあるわけでもない。吠えたてられたことがあるわけでもない。ただもう怖い。ぽっかりと底なしの闇にのまれるような、底なしの穴に引き込まれるような、自分が自分でなくなってしまうような、得体の知れぬ恐ろしさに捕まえられて身動きもできなくなる。これはきっと前世の因縁なのだろう。私は犬に喉笛噛まれてがぶがぶ喰われて跡形もなく死んだのだろう。どうかつまらぬことを言うと思わないでくれ。私は必死なのだ。あまりに必死すぎて滑稽なだけなのだ。ひとりで道をゆくときに犬が向こうからやってきたら、もうおしまいだ、そいつがたとえ鎖につながれた犬でも、子猫みたいに小さな犬でも、飼い主に絶対服従の犬でも、私はあまりに恐ろしくてすれ違うことも後ろ向きに逃げ出すこともできない。この私が、見た目も立派な王様が、ただ息を殺して身を凍らせて石になって犬が通り過ぎるのをひたすら待つのだよ。犬は私にとって闇なのだ、穴なのだ、とりつく恐怖なのだ。もしかしたら、おまえと一緒にいる私は、おまえの気づかぬ前に素早く石になった私なのだ。おまえと出会ったばかりに、私はここで凍りついているのだ。さあ、おそるおそる私の指を舐めてみろ。私は冷たいだろう、私は硬いだろう、私は震えているだろう、私は怯えているだろう。ほら、私の指を齧じってみろ。ああ、痛いな、私は生きているのだな、痛いのは喜ばしいな、生きる悦びだな、もっと強く齧じってもいいぞ、ああ、たまらなく痛いな、もっと齧じってみろ、もっともっと齧じれ齧じれ齧じれ、ああ、私は今生もまた犬に喰われて死ぬのだな、私は果てしなくくりかえし犬に喰われつづける王様なのだな。私の犬よ、私をやさしく喰ってくれ。これは王様の命令だ。

呟き

王様は知らない。

私が犬になった日、王様の城のほこりだらけの床の隅にゴミのように放り出されている黒々とした愛の詩《うた》を私が拾いあげていたことを。

その詩の中に糸巻き車の針のように仕込まれていた呪いを、私がまともに浴びてしまったことを。

呪いというものは、まことに生臭いにおいを放っているのだと、犬になった私の鼻が言う。

その呪いにはKというイニシャルが記されていた。

犬の敏感すぎる鼻は生臭いにおいをたどって、やがて呪いの源にたどりつくだろう。

呪いがいかなるものであるかを理解するであろう。


【メモ4】

アイヒマンの擁護などしてません。

私は彼の平凡さと残虐行為を結びつけて考えましたが、理解を試みるのと、許しは別です。

――映画『ハンナ・アーレント』より

読書

犬がカールのことを考えている。

カールは、アントニオ・タブッキが生み出した物語の主人公だ。

かつて、東ドイツに、Ｂ・Ｂこと、ベルトルト・ブレヒトをつねに監視していたスパイがいた。カールという名前だった。カールはブレヒトのことなら何から何まで知っていた。もちろんブレヒトはカールのことなどまったく何も知らない。カールが自分のことをまったく知らずにいたのと同じくらいに。

カールは、その恥ずかしい秘密までをも知り尽くしたブレヒトを心底愛していた。ブレヒトが冠動脈破裂で死んだとき、カールは愛する友を失って泣いた。誰が死のうと、妻が死んでも、泣かなかったカールが、ブレヒトを失った悲しみに滂沱の涙を流した。ブレヒトのあとをひたすら尾行して歩いていたカールは、ブレヒトの死とともに進むべき道を見失った。

カールの人生は尾行する人生。だから道を歩くときは、ブレヒト亡きあとも、つねに誰かを羅針盤にして尾行するほかない。さもないと、道に迷う、自分を見失う。厄介なことだ。尾行者というのは、一個の歩行者としてはまことに頼りないのだ。

実を言えば、ブレヒトの尾行者カールを尾行するもうひとりのスパイがいた。もうひとりのスパイもまた、当然に、カールのすべてを知っていた。カールの妻の不倫も、カールが知りたくもないことも、何から何まで、知らないのはカールだけ。

カールが死んだなら、もうひとりのスパイもまた、愛する友を失ったとさめざめと泣くだろうか、

もうひとりのスパイも羅針盤をなくして道に迷うのだろうか、

知り尽くしたから愛が芽生えるのだろうか、

つねに見つめつづけるから愛するのだろうか、

スパイは誰より愛を知る者たちなのだろうか、

私も誰かのスパイなのだろうか、

私も誰かにスパイされているのだろうか、
あなたはきっと誰かに尾行されているのだろう、
あなたもきっと誰かを尾行しているのだろう、

なのにあなたは何も知らない、

私が私を知らないのと同じくらいに、

あなたはあなたを知らない。

首輪

今日も雨が降っている。

濡れたくないから、外には出ない。仕方がないから、脇目もふらずに本を読んで、そこに書かれている何の役にも立たないことを熱心にノートに書き写して、じっと眺めていると、思い出したように姿を現した王様が、（もちろん思い出したのは私だ）、「おまえは賢い犬だな。なにかご褒美をやろう」と言うのだ。

王様は犬が何を読んで何を書き写しているのかについては、まことに王様らしいことに一切興味はない。銀の鎖を手にして現れた王様が興味をもつのは、今のところ色のことだけなのだ。だから単刀直入に「赤いのと、青いのと、どっちがいい」と王様は言う。

「赤」

即座に私は答える。だって、私は火の犬だからね。王様はそのことをきっと知らないのだけどね。

「そうか、赤い首輪か」

王様がぺろりと命令好きでご褒美あげたがりの唇をなめる。唇がぬるりと光る。おや、あの舌使いを見れば、王様のほうがよっぽど犬のようじゃないか、狼のようじゃないか。犬の私はこっそりと不埒にそう思う。

「おまえの首に赤い首輪をはめて、この銀の鎖でつないでやろう」

犬のような王様が王様のふりをしてペロペロとそう言う。犬の私はもっと犬のふりをして、うんうんと激しくうなずく。うなずきながら、王様の首に見えない青い首輪をはめて、見えない黄金の鎖をつないで、じゃらんじゃらん、この小賢しい犬め、生意気な犬め、火の犬め、王様が目を細める。


ねえ、王様、見えないのと、見えるのと、どっちがもっと素敵だと思う？

ねえ、王様、見えないその手で不埒な犬をなでてちょうだい。

お願い、王様、見えない手で、見えない鎖で、縛ってちょうだい。

黒い歌1

All I need's my little sweet woman, and to keep my company,
hey hey hey hey

——Robert Leroy Johnson, Hollhound on my Trall Lyrics

やさしい娘がいてくれるなら、一緒にいてさえくれるなら、それでいいんだ、
ヘイ、ヘイ、ヘイ、ヘイ

実に能天気だね、王様に忍び込んだ黒い歌が、王様の中で鼻歌を歌っている。
ヘイ、ヘイ、ヘイ、ヘイ
おいおいこれは呪いなんだぜ、呪われてクラクラ楽しい王様も、まったくもって能天気だね、
ヘイ、ヘイ、ヘイ、ヘイ

ふたたび読書

王様の目を盗んで、女王様に会いにゆく。

約束の時間にはもう既に一〇分は遅れる見込みで、でも女王様は王様ほどはパンクチュアルなお方ではないから、そう怯えることはないのだけれども、それでも私は犬だから、犬は犬らしく、ご主人様たちとの約束には忠実で誠実でありたいと思う。

私は横浜から渋谷へと向かう東横線特急に慌てて飛び乗る。慌てて空いている席に滑り込むように座って、ふっと息を抜いた瞬間に、そこが優先席であることに気がつく。なんだか居心地悪い、こんな席にうっかり座ってしまったら、あとで身の置き場に困るようなことが起きるのだろう、遅い午前の電車には、かならずや、年寄りが乗り込んできて、座っている私の前に立って、生きてきた歳月の重みに小さく縮みこんでみせたり、その重みにそっくり返ったりしながら、いや、もちろん、そういうことは、あらかじめ後ろめたくなっている私の気持ちの問題で、その気持ちを目の前の年寄りが知らず知らず背負っているということにもなっているのであろうが、ともかくも、誰かが私の前に立つ前から、私は立ちあがることになるだろう、どんなふうに立ちあがるかと気が気でなく、席を譲るべき誰かが私の前に立ったなら、さりげなく「どうぞ」と自意識なんかまったくない人間みたいに、条件反射みたいにすらりと言って、そのまますると席を立って、まるで、最初から私は座っていませんでしたよ、みたいな顔をして植物みたいにそこでガタンゴトンと揺れてみせる、あるいは、何も言わずにすっと立って、車内の誰かにどこかに今どうしても用事があるみたいに、ずんずんと今立ちあがったばかりの席から離れていく。

そんなことばかり考えて気もそぞろで、手にしていた本にもなかなか集中できず、そのうち気疲れで居眠りしてしまって、あっと目が覚めたら、もう渋谷の直前。眠り込むまでの記憶では、優先席には私以外にあと五人座っていて、ひとりは赤ちゃんを抱っこした若いお母さん、向かいの席だ。向かいの席にはあとそれぞれにいろんなことに草臥れたふうの中年女性が二人、私よりはまだ優先席に座っても違和感はそうないような草臥れかたの女たち、そうは言っても私も目の下あたりが相当薄暗く草臥れてはいる。私の隣には二〇歳くらいの女の子で、その隣には白髪のいかにも紳士だったのだけど、まあ、これくらいなら後ろめたさも中くらいとほのかに安心したのがいけなかったのだろう。目覚めたら、私以外は白髪だったり、皺だらけだったり、おなかが大きかったり、まことによろしくない事態になっていた。

ああ、いやだ、いやだ、たぬき寝入りと思われなかったかしら、もしかしたら、私は知らず知らずたぬき寝入りをしてしまったのかしら、そうなのよね、都合が悪くなると、眠くなるのよ、しょうがないのよ、悪気はないのよ、故意じゃないの、過失なのよ、許してくれるかしら、私は誰に許してもらえばいいのかしら、ねえ、誰か、私を許してくれる誰かはいませんか？　許して、赦して、どなたか私をゆるしてください。

そんなこんなで、うつらうつら一生懸命読んだ本の中で頭に残ったのは、ほんのわずかだった。

たとえば、こんな言葉。

＊

フロイト自身『モーセと一神教』の中で書いているように、言語はすでに言語としてあるだけで隠蔽された過去の出来事を保存している。人間が言語を使うということは言語に内包された隠蔽された過去を知る可能性を持っているということになるはずだ。

少なくとも私は人間を、その肉体の長さではなく、かならずや歳月の長さを持った者として描くだろうし、ますます巨大なものとなる務めをかかえてついにはそれに圧倒されながら、それでも場所を移動するときにはその歳月を引きずってゆかねばならない者として描くことになるだろう。

――保坂和志『小説、世界の奏でる音楽』第九章「のしかかるような空を見る。すべては垂直に落ちてくる」より

＊

約束には結局二〇分遅れた。

におい

王様の書斎から黒い声が漏れ出ている。

王様は白い声をお好みのはずだ、黒い声は生理的に受けつけないはずだ、嫌いなものは絶対に城には置かないお方だ、これはいったいどうしたことか、不法侵入だろうか、それとも王様が目先を変えて試しにひそかに買いつけてきた新しい奴隷だろうか。

黒い声は呻いている。

ご主人様、どうか、お慈悲を、憐れみを……、

呪わしい声をあげている。

犬は耳がよい、鼻がよい、黒い声の湿りのある黒いにおいをたどっていく。
うわごと、たわごと、夢うつつの一冊の本が犬につかまる。
『黒歌解剖書』。
本にはKというイニシャル。
なるほど、こいつか。
おまえ、どうやってここに入り込んだ？

黒い歌2

Said again, Jesus Christ to Mary,
How it's been a many to part.
Put the receiver in my hand.
And religion in my heart.
I can ring him up easy.
Ah, oh well, ring him up easy.

Go make up my…

——ブラインド・ウィリー・ジョンソン

もう一度ジーザスがメアリに言うのさ、
ずいぶん長いこと会わなかったな、
俺の手に受話器を、
胸には信じる心を、
王様に電話をするのさ
すぐつながるぜ、王様には
さあ、あの、ほら、あの憐れみ深いアレを……と王様に電話するんだ

王様はKの神様で、これは王様の残り香の歌なのだと、携帯電話を握りしめて憐れみ深い王様の夢に溺れていた頃のKのうわごとが言う。そこまで歌を自分仕様に書きかえていいのかと思いつつ、うっかり聞いてしまった夢の残響に、犬はふるふる身を震わせている。

手紙　〈拷問〉についていつも考えている女王様へ

王様の目を盗んで、女王様に手紙を書く。

親愛なる女王様へ、

昨夜、終電間際まで、渋谷のセンター街の、煙草の煙がこもる喫茶店で話したことを考えています。若者の町の片隅にひっそりと店を構える、草臥れた大人向けの喫茶店。あんな店をためらいもなく選ぶ時点で、すでに私も女王様も相当に草臥れているのでしょうね。年を取るとどんどん悲しいことが増えていくのでしょうね。

これから死ぬまで悲しいことばかりなんだね。

と、そんなことをあんまり悲しくもなさそうに女王様が呟いて、私がつられて深々うなずいたのも、草臥れているからなのでしょうか。

むやみに草臥れている女王様と私は、自然と〈拷問〉のことを話しだすわけなのでした。意識をコントロールするほどのエネルギーが残っているような時間でもないから、女王様の無意識の底から、おのずと這いずり出てくる話題、犬が敏感に反応する話題、〈拷問〉。それは体を責める拷問ではなく、心を苛む拷問なのだと女王様は言いましたね。

希望とか愛とか、そんな心温まることをまっすぐに話すほどにはもう若くないから、だから〈拷問〉なのでしょうか。いやいや、これは若いとか若くないとかいう陳腐な二分法のお話じゃないのでしょうね。

愚かな二分法。

ともかくも女王様と私は、深夜の渋谷で〈拷問〉を語り合いました。〈拷問〉が取り結ぶ抜き差しならない関係を語り合いました。世は選挙前夜で、この選挙は戦争への道へと転がり落ちてゆく断崖絶壁上の選挙のようだと、女王様と私は〈拷問〉の合間合間に語りながら、きっと抜き差しならない関係を持てない人間どもが戦争へと転がり落ちてゆくのだと、唐突に思いついたことを語りながら、やっぱりおのずと話題は〈拷問〉。

命がけで問いつめる〈あなた〉と命がけで問いつめられる〈わたし〉の関係。体ではなく心をじりじりと痛めつける〈あなた〉とどこまでも痛めつけられる〈わたし〉の関係。痛みが憎しみを呼び、憎しみが愛を呼び、愛が絶望を呼び、絶望が希望を呼び、希望が悦びを呼び、悦びが死を呼び、死をもって分かちがたく結ばれる〈あなた〉と〈わたし〉の関係。

しかし、なぜなのでしょう、気がつけば、私はいつも、問いつめられ痛めつけられるほうに自分を置いています。

ねえ、女王様、聞いてください。こないだ、古本屋で戦前の黄ばんだ紙の詩集を見つけたのです。なんだか相当痛めつけられたらしい詩人の詩を見つけたのです。詩人の名はハン。私は自分の分身を見つけたような気がしました。読んでさしあげましょうか。本当は自分の言葉で、〈あなた〉に痛めつけられたい私の心のうちを語りたいのですが、まだ心ゆくまで痛めつけられてない私には言葉がありません。だからせめてハンの詩を。この二篇を。

服従

ほかの人は自由を愛すると言いますが、
私は服従がいいのです。
自由を知らぬわけではありませんが、
あなたにはただ服従したいのです。
服従したくて服従するのは、
美しい自由よりも甘美なものです。
それは私の幸福です。
でも、あなたが私にほかの人に服従しろと言うのなら、
それだけには服従することはできません。
ほかの人に服従しようとするなら、
あなたに服従することができないからです。

秘密

秘密ですつて――　なんの、わたしに秘密なんぞがありますものか。

一度は秘密を蔵ひ込んでもおきました。でも、やつぱりぱりわたしには秘密が守れないのです。

わたしの秘密は泪を通して　あなたの視覚に見やぶられたのです。

わたしの秘密は吐息を通して　あなたの聴覚に気どられたのです。

わたしの秘密は胸のときめきで　あなたの触覚に感づかれたのです。

も一つの秘密は一ひらのまことごゝろとなつて　あなたの夢に忍び入つたのです。

それからなほ一つ　最後の秘密があるのですが、さてこればつかりは鳴かぬ唖蝉のやうなもので　どうにも言ひ現はす手だてがありません。


完全なる服従にはたどりつかず、最後の秘密は到底言葉にならず、もどかしさは痛みを呼び……。

〈あなた〉はこの〈わたし〉をどうしてくれる？

女王様より一言

拷問は、やはり、中国がすばらしく凄まじいのである。

またもや読書

犬は女王様にそれとなく命じられて、拷問あの手この手を研究中。
『拷問刑罰史』をひもといている。
まずは「水責め」。

被疑者を梯子または戸板などに、仰向けにして縛りつけ、顔面上に間断なく水を注ぐ。はじめは口を閉じていても、鼻孔内からも水が流れこむので呼吸ができなくなり、苦しさのあまり口をひらく。口をあけば水はようしゃなく流れこむ。

> これを繰り返しているうちに、やがて胃袋に水が充満してしまう。
> 胸から腹が太鼓のようにふくれると、梯子などを逆さにかたむけ、（頭部を低く脚部を高くし）腹と胃を強くおして水を吐かせる。
> 吐くときが楽であるかというと決して楽ではない。
> 口と鼻から水が奔出し呼吸困難で、苦痛は水を入れられる時と同じく死ぬ思いである。
> 吐きおわるとまた水を注ぐというように幾回となく繰り返す。
> 顔面に一枚の布をかぶせておくと一層水がよく注入できて、苦しいものという。

この拷問にはまったく心を惹かれない。水、というのがいけないのだろうか。愛に水が差されるからだろうか。どうして私はこんな陳腐なことしか言えないのか。犬だからだろうか。それにしても、まったくそそられない。水を注ぎ込みたくもなければ、注ぎ込まれたくもない。私は別の何かを注ぎ込んでやりたい、やりたい、やりたい。

さらに、拷問あの手この手。別に暇なわけではない。いろいろ考えながら、書き写しているのだ。

［氷責め］　裸体にして縛り、氷の上に転がしておく。

［雪責め］　裸体にして雪の中に埋めておく。

［火責め］　烈火の上を素足で歩かせる。焼火箸や、蝋燭で皮肉をやきただらせたり、腋毛や胸毛や陰毛を焼いて責める。炭火を赤くおこした鉄鍋で全身をなでまわす。手や足に油をぬっておいて、下から火をたく。縛りつけておいて、松葉や唐辛子でいぶす。熱湯を満たした釜に入れて下から火をたく。背中を切りさき、傷口に、とかした鉛をつぎこむ。逆さ釣りにしておいて、下から火をたく。

［釣るし責め］　両腕を背後で縛り釣り下げて打ちたたく。片手を縛り他の片手で釣り下げる。髪の毛で釣り下げる。頭部を下に、脚でつりさげる逆づりの法。

［圧し責め］　しめ木や道具を使って腹部を圧迫して苦痛を与える。

［のばし責め］　梯子や車輪に縛りつけて両脚に錘をつけてぶらさげ、体をのばして苦痛を加える。

64–65

さらに、さらに、

腕を細ひもで固く巻きかためて苦痛を与える。

「簀巻き」にして放置する。

縛りあげて馬に引きずらせる。

裸体にして、針のささらで全身をつきさす。

貝殻で肉を削りとる。

針をうえた台座にすわらせ、または伏せさせて打ちたたく。

針をうえた桶の中に座らせ、街路を引きまわす。

指、耳、鼻、舌、男根、乳房などを順次に斬りおとしていく。

縛っておいて取り囲み、くすぐる。「くすぐり責め」。

糞尿の中に漬けて放置する。

大小便を喰べさせる「糞尿責め」。

足の裏に塩をぬり、山羊その他の獣類になめさす。ざらざらした舌で、皮のはげた肉をなめこすられる苦痛と塩分のしみる痛み。

裸体にした二個の屍体の中間に、裸体にして縛った被疑者を密着させて放置する。

生爪をはがし、唐辛子や塩につけて痛みを増大させたり、竹や針のささらで爪の間を責める。

蛇、ひる、くも、蜂、蟻、毒虫などを桶や函に充満させておいて、全裸にして縛った者をその中に入れて放置する。

水や食物を与えず、飢餓線上を彷徨させた上で、水や食物を目前において責める。

終日終夜、責めて眠る時間を与えず苦しめる。

裸体にして縛り、日ざらし雨ざらしにし、衆人の晒しものにしておく。

心惹かれる拷問はない。愛がない。また陳腐なことを私は言っている。愛がない、なんて、あるもないも、愛なんか、わからないくせに。犬のくせに。(つづく)

手紙　〈拷問〉についていつも考えている女王様より

〈拷問〉という言葉を聞くと、どうしてわれらは「責める」側に身を置いて考えるのであろうか?

いや、それは私だけであろうか?

私はそういう体質なのであろうか？

確証のない確信をもって言えば、そう、誰でもよい、拷問、とすれ違いざまに私が囁きかければ、その瞬間、誰もが無意識に「責められる」側になっているようでもある。誰もが、瞬時に、吊るされて、叩かれて、血みどろの自分の姿で心がいっぱいになって、凍りついて、ひるむようでもある。

いや、人間にはそこまで瞬間的な想像力の広がりがあるだろうか？

いやいや、それは大した想像力ではなく、単なるイメージの条件反射ではなかろうか？

そもそも、ひるむのは、その言葉がもつ不道徳な響きをただ嫌悪するからであろうか？

拷問は不道徳なのであろうか？

人間とは、不道徳を嫌悪するほど、道徳的であろうか？

そういえば、拷問、と囁きかけても、まったくひるまなかったのは、あの日の渋谷センター街の草臥れた犬、おまえだけ。拷問という言葉を差し出されれば、拷問にすら誠実で忠実であろうとする犬、嬉々として拷問の虜になる犬、おまえだけだよ。

　私がいま大いに気になっているのは、拷問をする側の人間の心の壊れようなのである。私の思い描く理想の拷問とは、責める側も責められる側も命がけのことだから。命がけで責めて、命がけで責められて、命がけの二人の魂が響き合って、ついに責め殺して責め殺されるクライマックスのその瞬間は、命がけで愛しあった絶頂の瞬間のようであり、同時に、責める側にとっては最愛の人間を失う瞬間のようであり……。

心底愛してみたい、拷問してみたい。心底愛されてみたい、拷問してみたい。

ねえ、おまえ、拷問してやろうか。

お戯れを……

犬が女王様にむかって、せつない声で、そっと言い返す。

お戯れを……。
犬をからかっちゃいけません。
あなたが本気で拷問する相手は私ではないでしょう？

私はあなたと誰かの拷問の日々をいつかきっとお聞かせいただきたいと思っているのですが、それをあなたが私にお話しになることはけっしてないでしょう。
それだけは愚かな私にもよくわかります。
それゆえに、あなたは女王なのですから。

運命

私はF。

私は運命を知りたい。自分の運命も他人の運命も。自分の運命を見事に操り、他人の運命を鮮やかに盗み、運命という運命をわがものにして、心から慈しむのだ、運命を撫でさするのだ。

運命を盗む技を占術という。なんて言ったら、占術の師に怒られてしまうな。占術は人間を幸せ

にするためにあるものなのだから。目の前の人を幸せにするために、目の前の人の運命をすみずみまで舐めるようにそっと覗き込む、それが占術。あなたを幸せにできる私はとっても幸せ、たぶんあなたよりも幸せ。それが占術。

月に二回、横浜に住む私は、ゆっくり座って本を読みたいから、南浦和行きの京浜東北線各停にとろとろ乗って、南浦和で武蔵野線に乗り換えて、南越谷に占術を習いにゆく。

ああ、そう言えば、こないだ南越谷に行ったときには、その帰りの電車で、確か蒲田だった、たぶん九時頃、冷たい雨の降る夜でね、ほどほど車内は混んでいて、私はドアにもたれかかって立っていて、私とは反対側のドアが開いた、その瞬間、そのドアにもたれかかって立っていたらしい紺のスーツ姿の男が、ゆるい気をつけの姿勢のまま、棒のようにホームに向かって倒れていって、どずん、鈍い音がした。棒の下半身は電車の中、上半身は雨に濡れたホーム、うつぶせ、動かない、メガネがはじけとんでいる、あっ、あれはレンズ割れてるね、いや、それどころじゃない、このままドアが閉まって、上半身をホームに残したまま電車が走りだしたら大変なことになるよ、と、誰もが瞬時に目の前の棒を襲う血なまぐさい惨劇を想った、あっという間に知らぬ者同士の役割分担、ドアの両端をそれぞれに背中で押さえ込んで男性と女性が棒を挟んで向かい合わせに立ち、その隙間から身を乗り出して、ここに人が倒れてますよー、とホームの誰かに大きな声で叫ぶ係の人もいて、私はその他多数と同じく、そわそわとなりゆき見守り担当で、みながおのずと得意分野に身を置いて、電車の中には不意に美しい星座のような人間関係が出現した。私はふっとアクエリアス、水瓶座を思い浮かべる。ミュージカル『ヘアー』で歌われた「アクエリアス」を懐かしそうに口ずさむ。

もう四〇年近く前のことだけどね、中学二年の体育の創作ダンスの時間に、私がこれがいいと五歳上の姉の受け売りで家からシングルレコードを持ってきて、女子六人で「アクエリアス」で踊ったんだよね、私、あの頃、すごいチビでさ、クラスで三番目に小さくて、一四〇センチあるかないか、クラスで一番大きな一六五センチは軽くある女子を見上げてちょこまかと子ねずみのように踊ったんだわ、今では私も四〇年かけてじりじり大きくなって、身長は一六二センチ、二二センチ伸びる間に本当にいろんなことがありました、本当にいろいろあったのよ……、子ねずみは何度も猫に齧られて死にそうにもなりました、そのたびにすさまじく鳴いたりしてさ、泣いたんじゃないよ、鳴いただけよ、結構いい声だったよ、歌姫ヨゼフィーネみたいなか細いいい声だったよ、死にそうなときって、切羽詰まったいい声出るんだよ、聞き惚れていた猫もいたよ、ふふ、今となってはどれもこれもうるわしい思い出、美しい星座、アクエリアス……、ああ、美しい星座、ああ……、なんて、別に本気で言ってるわけではないからね、そうそうそうなのよ、目の前で起きた「棒男転倒事件」にちょっと脳波が乱れただけなのよ、脳波がね、だって、私、「美しい星座」が好きだったり、星にうっとりしたり、プラネタリウムでデートしたりなんていう陳腐な男が一番嫌いなのよって、ついこないだMだかSだかに言ったばかりなんだから、ええ、ええ、これは園子音《そのしおん》の『冷たい熱帯魚』って映画を観たときに確かSと言い合ったことなんだけどね、プラネタリウムで見た甘い恋の夢の想い出に浸りがちな陳腐な男は、通りすがりの殺人者にいたぶられて痛めつけられて、逃げることもできずにおどおどと人殺しの手伝いまでさせられて、無力な自分にしんみりとして星を思っちゃったりしてね、美しいあの日に帰りたい気持ちを顔にいじましく滲ませたりしてね、陳腐だよ、あんた、最後の最後にぶっちりキレて「生きるってのは痛いんだよ」とかなんとか言っちゃって、どいつもこいつも殺して自分で自分の首切って死んじゃうのも、陳腐、陳腐、陳腐の極み、私はどんなに痛めつけられたって、私の陳腐な本性なんか絶対にあらわになんかしないから、だいたい今私がちょっとだけ慌てているのは、ほんの束の間、美しい星座を私もうっとりと想ってしまったからで、今日みたいに誰かの事故や災難や不幸に出くわしたりしたなら、プラネタリウム好きの陳腐な男に限らず、不意をつかれて、人間は誰もが陳腐になるのだという事実をさりげなく思い知らされて、きりきりきり、私はこっそり歯噛みして悔しがっている、その間に倒れて動かなかった棒男はメガネとともに駅員に拾い上げられました、「救急車だ、救急車呼べ」という駅員の声とともに視界から消えていきました、拍子抜けしたみたいに電車は走りだして、電車の中の忌まわしい美しい星座も忽然と消え去って、私は人知れず正気に戻ってドアにもたれて再び本を読みだしたのでした。

そういえば、私が「アクエリアス」で踊っていた中学生の頃、私より二歳か三歳年下のSは、「アクエリアス」とはLOVE & PEACEつながりの、よりお子様向けの流行りのPEACEマークにはまっていて、それを自分なりに「ぴーたまこん」と呼んでいて、二歳年下の妹と二人で春の黄色いタンポポだらけの近所の野原を、ぴーたまこん、ぴーたまこんと叫びながらスキップしていたんですって、いや別に、ただSから聞いた話を思い出したから、話してみただけ、ぐじゃっと踏みつぶされるタンポポ、たんぽぽ、黄色い幸せ。

陳腐な人間は幸せな人間なのだと、ふたたび陳腐なことを言ってみる。私は幸せになりたい、だから、どんな陳腐なあなただって幸せにしてやろうと心にもないことを思って、占術の師にこれは読んでおくといいよと言われた岩波文庫『易経』上下巻の下の「周易序卦伝《しゅうえきじょかでん》」を、星座のない電車の中で黙々と読む。邪念雑念を振り払って寄り目になって黙々とね。

天地ありて然る後に万物あり。万物ありて然る後に男女あり。
男女ありて然る後に夫婦あり。夫婦ありて然る後に父子あり。

易経はコンパクト。聖書ならば、天地創造→エデンの園→カインとアベルと、ちっちゃな文字で六ページも費やして書いていることが、然る後に、然る後にとつないでたった二行。なかなかよろしい。こういうのを含蓄ある話しっぷりと言うのでしょう。

アダムの系図。

アダムは百三十歳になったとき、自分に似た、自分をかたどった男の子をもうけた。
アダムはその子をセトと名付けた。
アダムは、セトが生まれた後八百年生きて、息子や娘をもうけた。
アダムは九百三十年生き、そして死んだ。

セトは百五歳になったとき、エノシュをもうけた。
エノシュは九十歳になったとき、ケナンをもうけた。
ケナンは七十歳になったとき、マハラルエルをもうけた。
マハラルエルは六十五歳になったとき、イエレドをもうけた。

イエレドは百六十二歳になったとき、エノクをもうけた。

聖書は人と人のつながりばかりを書き連ねた、人間世界の壮大な相関図なんだな、とふと思いました。ちっぽけな人間同士の大きすぎる相関図。人間しかいない夜郎自大な相関図。

夫婦の道はもって久しからざるべからざるなり。
故にこれを受くるに恒《こう》をもってす。
恒とは久《きゅう》なり。物もって久しくその所に居るべからず。
故にこれを受くるに遯《とん》をもってす。
遯とは退《しりぞ》くなり。物もって遯に終るべからず。
故にこれを受くるに大壮《たいそう》をもってす。物もって壮なるに終るべからず。
故にこれを受くるに晋《しん》をもってす。晋とは進なり。

そうか、易経は物事と物事の相関図、故に、故に、と因果で結ばれてゆく万象の中に、ちっぽけな人間も結ばれて、万象の流れとともに因果の川を流れてゆくのだな。水のように、風のように、つづけて易経を読む。

震とは動くなり。物もって動くに終るべからず、これを止《とど》む。
故にこれを受くるに艮《ごん》をもってす。
艮とは止むるなり。物もって止むるに終るべからず。
故にこれを受くるに漸《ぜん》をもってす。
漸とは進むなり。進めば必ず帰する所あり。
故にこれを受くるに帰《き》妹《まい》をもってす。
その帰する所を得る者は必ず大なり。
故にこれを受くるに豊《ほう》をもってす。
豊とは大なり。大を窮むる者は必ずその居を失う。
故にこれを受くるに旅《りょ》をもってす。
旅して容るる所なし。
故にこれを受くるに巽《そん》をもってす。
巽とは入るなり。入りて後にこれを説ぶ。
故にこれを受くるに兌《だ》をもってす。兌とは説ぶなり、……

きりがない。ああなればこうなり、こうなればそうなり、そうなればああなり、ああなれば、こうなり、そして易経は終りなき終りをこんな風に語る。

物は窮むべからざるなり。
故にこれを受くるに未済《びせい》をもってして終るなり。

沈黙。未済という名の予感を孕んだ無音。そしてやがていやでもふたたびはじまる。くりかえしはじまる。

天地ありて然る後に万物あり。

千年王国どころの話じゃないよ、神がどうこうという話でもない、ひたすら永遠回帰だ、陳腐でちっぽけで夜郎自大な人間たちの千年王国は滅びてははじまり、神も死んでは降臨し、この永遠回帰のいつかどこかであなたは私に運命を盗まれて幸せになるだろう、私はあなたを幸せにしてあなたより幸せになるだろう、あなたは私よりも幸せになることをあなたも知らぬうちに望むだろう、そんなあなたの運命を私はふたたび盗んで舐めるように読んであなたをもっと幸せにするだろう、あなたを幸せにした私はまたもやあなたよりずっと幸せになるだろう、あなたの運命は私に舐めつくされるだろう、あなたはいつそのことに気づくのだろう、気づいても気づいてもあなたは私に永遠に運命を盗まれつづけるのだろう。

ふたたび運命

私はF。

私は王様と犬と女王様の生年月日と生まれた時間を盗んだ。つまり運命を盗んだ。

盗んだ彼らの運命を眼に見えるようにするには、木火土金水という五つのエレメントを使う。この五つのエレメントにはそれぞれ陰と陽があるから、より正確に言うなら一〇のエレメントを使うことになる。この一〇のエレメントにはそれぞれ名前がある。

甲《きのえ》　乙《きのと》　丙《ひのえ》　丁《ひのと》　戊《つちのえ》　己《つちのと》　庚《かのえ》　辛《かのと》　壬《みずのえ》　癸《みずのと》

運命を表すには、この一〇のエレメントから、各人の生まれた年・月・日・時に対応するものを選ぶのだ。しかも、年・月・日・時もそれぞれ天地の二つの要素を持つから、ひとりの人間の運命を表すには、一〇のエレメントのうち八つが使われることになる。

たとえば、こういうふうになる。ちなみにこれは運命式と呼ばれる。

◉王様の運命式

	時	日	月	年
天：	己（陰土）	庚（陽金）	壬（陽水）	癸（陰水）
地：	卯（陰木）	戌（陽土）	戌（陽土）	巳（陰火）

◉犬の運命式

	時	日	月	年
天：	甲（陽木）	丙（陽火）	丁（陰火）	庚（陽金）
地：	午（陽火）	寅（陽木）	亥（陰水）	戌（陽土）

◉女王様の運命式

時　日　月　年
天：乙（陰木）　己（陰土）　壬（陽水）　癸（陰水）
地：子（陽水）　未（陰土）　戌（陽土）　卯（陰木）

さてさて、まずは三人の本質を象徴するエレメントを言うならば、王様は金、犬は火、女王様は土。なるほどねぇ、まあ、じっくりと運命式を見比べてごらんよ、この三人のうち、いちばん強いのは犬だよ、犬、いくら王様に飼いならされているとはいえ、ケモノだからね、犬は、ケモノの本性は隠しようもないね。いちばん弱いのは、そうだね、王様かな。で、強い弱いというより、いちばん一筋縄じゃいかないのが女王様。いちばんのエピキュリアン、クールビューティだ。女王様は楽しいことが大好き、美しいものも大好き、自由気まま気分次第、女王様の幸不幸も気分次第、よろしくないのはクールすぎて低体温なこと、だから、気分次第の女王様は心も体もあたためてあげなくちゃいけないんだ、女王様には火が必要だ。

いちばんの頑固者は王様だ、いちばんの甘ったれも王様だ、自分ではなんにもしなくても手取り足取り棚からぼたもち美味しいとこどり、小さいときから美味しいものばかりもらいすぎて、そのうち有難味もなくなっちゃってね、そうなると幸運も不運に裏返っちゃう、そういう意味では王様はとっても不運でもある、あのね、王様が不運を振り払うためには、火が必要なの。火で金を鍛えあげるんです、刀鍛冶が鉄を火でかんかんと鍛えあげて名刀を創りあげるみたいにね。

ふむ、そうなるとこの三者の関係はひどく厄介だ。犬は「火」だからね。そもそも、運命式上、犬はとってもお節介、ありあまるケモノの力で誰も彼もお世話したくてたまらない。そんな犬に向かって「王様には火が必要」「女王様には火が必要」なんて言ったならば、あなた、そりゃ大変なことになりますよ。犬の加減を知らぬ燃えあがる火のお節介は、王様を振り回し、女王様をうんざりさせる、王様はお願い許してと犬にひざまずき、女王様は、オマエはうざい、暑苦しい、処刑してやると言い放つ。どちらにしても犬は悲しい、実に悲しい、けれども犬は愚かで強いから、悲しみすらも生きる力、ますます燃えあがる、きっと自分を焼き尽くすまで犬は燃えつづけるんだろう。

この火にはけっして水をかけちゃいけないよ、どかんと破滅的な水蒸気爆発を起こすから、この火を鎮めるのは冷たい愛しかないんだよ、冷たい愛の持ち主と言えば……、いや、これは言うまい、秘密あってこその人間関係、いや、犬と人間の麗しい関係。秘密なくして世界は成り立たないからね。

秘密を知りたかったら、私の口を割らせたかったら、私にも愛をおくれ。それが誰のどれほどの冷たい愛なのか、知りたかったら、私の運命を盗んでごらん、できるものならやってみな。

私はF。私は運命を盗む者。

秘密

王様にも女王様にも悟られぬよう、表情を凍らせて、じっと犬が考えている。表情が凍ると、蠟人形のようで、ある種の人々には相当に魅力的に見えるらしいのであるが、そういうことは考えぬようにして、こっそりと、犬が、あることを考えている。

命は永遠にくりかえし、いまここに舞い戻ってくるのである。最初に犬はそう考えた。それから次にこう考えた。

それは生身の人間にとってはまことに厳しく酷いことである。生身は命を宿らせるには、つねに何かが足りない。あるいは、つねに何かが余計。だから命が生身のうちでもがき苦しんだり、生身が命を支えかねて息も絶え絶えになったり。生身はそのようにしてしか命に触れることはできない。触れるというより、ただ撫ぜるだけ。撫ぜたその触感をわずかに感じてあんなことやこんなことをただ妄《みだ》りに想うだけ。命の芯のところの〈何か〉までは到底手が届かない。〈何か〉などと言えば、まことに思わせぶりな言いようだけど、生身とは時間の別名で、命とは永遠の別名だから、つまりは生身には到底想いを届かせることのできないものが命だから、けっして届かないその芯のところを生身の側から言うなら〈何か〉としか言いようがないのだ。

犬はさらにこう考えた。

そして、人間は、果てしなく、生身と命の間を揺れ動く。人間とは、「どっちつかず」の別名なのだ。どっちつかずは揺れ動いて、つかみどころのない〈何か〉を「愛」と呼んだり、「力」と呼んだり、「夢」と呼んだり、「幻」と呼んだり、苦しんだり、悲しんだり、打ちのめされたり、恍惚としたり、揺れ方の波長の合うもうひとりの人間を探し求めたり、揺れ動くもうひとりの人間の生身や命に、揺れ動いてとどまることのない自分の秘密を探ろうとしたり……。

でも、生身にも命にも秘密なんていうものはもともとないから、そこにはただ揺らぎがあるだけだから、秘密はけっして明かされるはずもなく、それでも秘密というのはただその響きだけでも心を惑わすから、明かされない秘密に苦しみ、秘密を憎み、秘密を妬み、殺してやろうと思ったり、殺したいほど愛していると思ったり、愛しているから殺してやろうと思ったり、殺してしまったあとでやっぱり愛していたと確信したり、それが人間というものなのだ。

犬が王様と女王様を思い浮かべつつ、ひそかにひとりごつ。

私がいったい何を語ろうとしているのか、生身のおまえにはわからないだろう、わからなくていいんだよ、おまえがわかろうとわかるまいと、命は永遠にくりかえしいまここに、生身のおまえのもとにやってくるし、仮におまえが生身ではなく命のほうについたとしても、生身は、永遠にくりかえしいまここに、命のおまえのもとにやってくる。いつも、必ず、秘密という名の揺らぎとともに。

犬は、ここのところ、韓国の孤高の映画王、キム・ギドクの映画ばかりを観ていたのだという。『絶対の愛』『弓』『悲夢』とたてつづけに観たのだという。犬は所詮犬だから、何かと感化を受けやすい。

言葉

思考したところで知識にはならない。
学問にしてもしかり。思考しても人生の英知など得られない。役に立たないのだ。
思考しても世の中の謎が解けるわけではない。
思考したところで、行動する力を与えられるわけでもない。

我々は生きている。我々には命があるからだ。
我々は思考する。我々は考える存在だからだ。

――ハイデガー。映画『ハンナ・アーレント』より

手紙　犬が知りたいことほど、答えてはくれない王様へ

王様、

外は雪、横浜は初雪、今日の日付は二〇一三年一月一四日。外は眩しい白です。私の内側も眼が痛くなるほどに白いのです。
悲しみや苦しみや痛みは白に馴染みます。
最近、私が大好きなレヴィナスの言葉も白に馴染みます。

他の人の無駄な苦しみに対して感じる苦しみ、正当化しがたい他者の苦しみに対して感じる私の正当な苦しみは、苦しみについて対人関係に関する倫理的な展望を開く。（中略）たとえ容赦無いものであっても誰か他の人の苦しみゆえの苦しみとなることが、苦しみが受け入れ可能になる唯一の方法なのである。

——レヴィナス

ゆえもなく私を苦しめるあの人が、そのことから生まれいずる私の苦しみをわが苦しみとして引き受けて苦しむ。そうやって苦しむあの人を見る私は、あの人の苦しみをわが苦しみとして引き受けて苦しむ。ゆえもなく。

あの人と私と、どちらが先に相手を苦しめ、相手によって苦しめられるようになったのか、はじまりは定かではありません。ただ、人と人の間を無限に永遠にめぐってゆく苦しみがあるだけ。めぐる苦しみは、めぐる命であって、命を生きる歓びは、苦しみの循環の中からしかやってこないようなのです。

そう、今日は私の外も内も白いから、むやみに苦しみのことを想います。

苦しみというものが、ただ自分自身のもとにあって自分だけのものだとするならば、それはまことに受け入れ難い、まことに意味がない、耐え難い苦しみ、生きる甲斐もない苦しみ。

この苦しみが、誰かに引き受けられることによって、誰かが私の苦しみを苦しむことによって、そうやって他者の苦しみを引き受けることによって、苦しみというものがその誰かにとってはじめて無駄でもなく無意味でもなくなるとすれば、そして、私もまた、苦しむ誰かの苦しみを引き受ける誰かであるとすれば……、

苦しみは歓び、無限の歓び。

ねえ、王様、

あの人とともに生きているという歓びがないとき、私はひどく苦しくなるのですが、実を言えば、近頃とみにそのように感じるのですが、その苦しみはどこにも引き取り手がなく、ずっと宙に浮いたまま。そして、どうやら、宙空に滞っている苦しみは私のものだけではないらしいのです。うつろな真っ白な心で、虚空を見つめていると、ひりひりと誰のものでもない苦しみが私の上に降ってきます。

おいで、おいで、私のもとに……。

私は誰のものでもない苦しみたちにそう囁きかけます、おまえたちのことは私がすべて引き受けようと約束します、両手を広げて、身も心も開いて、全身全霊で、おいで、おいで、おまえたち、さあ私をくるんでおくれ……。

私は誰のものでもない苦しみを私の苦しみとして、全身くまなく苦しみにまみれて、ようやく安心します。生きているような心地になります。歓びにまみれます。いいえ、嘘です。そんなことはけっしてないのです。これは我を忘れた私の夢なのです。夢の外のうつつの私は私の苦しみの行方ばかりが気になって、我を忘れることもだんだん難しくなるばかりで、実際、夢どころではないのです。夢から一番遠い人間が、誰より夢を語りたがるというのは、真理でしょうか？

王様！

私は犬です。あなたは私に犬の人生と犬の名前を与えてくれましたが、あなたも知らない本当の名前が私にはあります。それは、「真っ白な嘘」というのです。

王様、ねえ、王様、

嘘つきほど、本当のことを言いたがる、というのも真理でしょうか？

クライマックス1

文学用語で「クライマックス」は、最高潮ではなくて、そこで話の流れが変わる「転換点」を意味します。

単純物語のクライマックスは一度ですが、私たちの人生には、おそらく数回のクライマックスがあります。

努力の末に決断を迫られる時とか、諦めを強いられる時とか、夢に裏切られる時とか、それでも夢にしがみつく時とか、王様が夢に過ぎないことに気づいた時とか、気づいても気づかないふりをすると決めた時とか。

——W・K

クライマックス2

人生の時間の流れに出遭いや出来事が点在するのでなく、出遭いや出来事が起きるそのつどそのつど人生の時間の流れが起きる。

——H・K

掟

犬はしきりに掟について考えている。

というのも、王様は掟がないと安心できないお方で、犬を飼うにあたって、犬に対しても、飼われるための掟を定めよと申しつけるからなのだ。掟は王様が定めるものなのではないかと犬は王様に申しあげたのだが、王様の言うところでは、王様というのはしもべのためにはみずから何もしないから王様なのだ、自発的にしもべのために何かをするとか何かを考えるとか、そのようなみみっちいことでみずからの思考と行動を縛らないからこそその王様なのだ、掟とはその掟に縛られる者が定めるものなのだ、しもべを縛る掟はしもべが定めるべきものであって、しもべが定めた掟を尊重する器の大きさこそが王の証なのだ、ということなのである。

なるほど、ならば、自縄自縛のいかにも犬らしい掟を定めねばなるまい。自分で定めたから自分に甘い、などと思われたら、犬の名折れである。

しかし、つらつら思うに、王様もまた王様であるための掟があるに違いない、王様の名折れになるような掟ではないのは間違いないことだろう、それはどれほど立派で威厳に満ちた掟であろうか、どんなことを定めているのか、是非とも知りたいものだ、そう思いだしたら、犬は王様の掟が気になって気になって、自分の自縄自縛の掟どころではなくなってしまったのである。

王様の掟は王様の城の奥深くに隠しこまれているらしい、王様の城には不用意にしもべたちが入り込まぬよう、門番がいるらしい。

だから、門番、門番、モン、バン、モン、バン、小さな声で吠えてみる。呼ばれれば、条件反射、隠していた姿をふっと思わず現してしまうのが、イキモノのつね。自己愛に溢れすぎて誰とも結び合えない孤独なイキモノならば、なおさらのこと。呼ばれたら、ひそかな歓びで身を震わせながら、歓びを悟られまいと身を隠しつづけようとする、ねじれた無駄な努力。

ほら、見てごらんよ、そこに、漠たる姿の孤独な門番が……。

犬は四足の忍び足で門番に近づく。背を丸めて椅子に座ってうつむいて手をだらりと前に垂らしている門番の手の神経の行き届いていない指をぺろりと舐める。

お願い、門番様、中に入れてくれないかしら。親愛の情を込めてぺろっぺろっと門番の首筋に囁きかける。なにかくらくらした様子で、今はだめだ、と門番が呟く。

犬は尋ねる。今はだめだとしても、あとでならいいのでしょうか？

門番は答える。たぶん今はだめだろう、おそらく今はだめなのではないだろうか。

犬は言う。あなた、まるで、カフカの世界の登場人物のようではないですか。

門番は答える。カフカ？　なんだ、それ？　俺様は俺様の世界の登場人物である、そうに決まっているだろ。

犬は考える。門番は自分の世界の外に出たことがないから、自分の世界の真実を知らないのだろう。俺様は俺様の世界の住人だとは、あまりに内弁慶のモノを知らない言いようではないか。

王様の城の、掟にいたる門は、微妙に開いたままだった。主体性のない誘惑とでも言おうか、そ

れはいつも半開きの口のようなのであった。つまりは、その開き方は、あるいは、その閉じ方は、覚悟のない開き方であり、閉じ方である。それを見せびらかすように、門番がすっと門の脇へ寄ったので、犬はつられて思わず中を覗き込もうとする。それを見て門番は笑った。

そんなに入りたいのなら、俺にかまわず入るがいい。入るかどうかはおまえが決めるがいい。決めるのはおまえだから、俺には一切責任はない。つまり、その、言っとくが、俺はこのとおりの優柔不断だ。それでもほんの下っぱで、中に入ると部屋ごとに一人ずつ、順ぐりにもっとすごい優柔不断がいる。この俺にしても三番目の番人をみただけで、あきれ返ってしまうほどだ。奥に行くほど優柔不断、だから、奥に入り込むと決めたおまえの責任はますます重くなる。奥の奥の掟にたどりついた頃には、責任の重みに耐えかねておまえは死んでいるかもしれない。

犬は門番に聞こえるか聞こえないかの声で呟く。こんなに厄介だとは思わなかった、王様の城の門の開かれ方は、ずいぶんと姑息ではないか、誰にも開かれているようで、見事に閉じられているではないか。

漠たる孤独と漠たる責任をもてあそぶかのようにして、のらりくらり門前の椅子に座っている門番を見ていると、こいつのために死ぬのも悔しい、時機を待ったほうがよさそうだと犬は考えたようである。

門番が犬に小さな座布団を貸してくれた。門の脇に丸くうずくまっていてもいいと言う。退屈したら門番の指をぺろぺろ舐めてもいいと言う。犬は丸くなって待ちつづけた。ときおり様子を窺うようにして目の前にだらりと垂れ下がっている門番の指を舐めてみた。まだ優柔不断なのだろうかと門番の漠たる顔を眺めてみた。ここで死ぬのと、中に入って死ぬのとどちらがいいか、ずっと考えつづけた。その間、王様の掟の全貌を知り尽くそうとあれこれ手を尽くした。まずは外堀から埋めていくのだと、門番ならいろいろ漏れ聞いて知っているだろうと、掟のことをくどくど門番に尋ねてはうるさがられた。ときたまのことだが、門番が犬に犬の掟のことや犬のかつてのご主人様たちのことを尋ねてくれた。とはいえ、嫉妬深い男がするようなあまりありがたくない問いかけばかりで、おしまいにはいつも、門は開かれている、でも入るかどうか決めるのはおまえだ、責任はすべておまえが負え、と感情の潜みようのない薄くて平べったい声で言うのだった。

愛とか、親しみとか、温かみだとか、大切に身にたずさえてきたいろいろなものを、身を削るようにして、犬は門番につぎつぎと贈り物にした。そのつど門番は平然と受け取って、こう言った。

おまえの気がすむようにもらっておく。何かしのこしたことがあるなどと思わないようにだな。しかし、ただそれだけのことだ。

永い時間、犬はずっと切ない目で門番を見つめていた。王様に会いたかった、一刻も早く会いたかった、なのに、思い返せば、王様の掟に心が囚われてしまった途端に王様の姿が見えなくなったようなのだった。ひとりこの門番だけが目の前にいて、王様と王様の掟にいたる行く手を阻んでいた。犬は身の不運を嘆いた。はじめの数カ月は、泣きそうになりながら、のちにはぶつぶつとひとりごとのように呟きながら、ときおりぺろぺろと門番の指を舐めながら。

そのうち、犬は子供っぽくなった。無邪気に門番にじゃれかかることもある。永らく門番を見つめてきたので、門番の日々の皮膚の張り具合たるみ具合にもすぐに気がつく。おや、今日は何か心配事があるようですね、何か決めかねていることがあるのですね、私が決めて差し上げましょうか、あなたの重荷を背負って差し上げましょうか、などと分別のある大人ならけっして言いはしないことをうっかり口走ったりして、その瞬間に何か重いものが確かに肩や腰や尻に乗ってくるようだった。

そのうち視力が弱ってきた。あたりが暗くなったのか、それとも目のせいなのかわからない。ただ暗闇の中にほのかに匂いを放つものがあるのがわかる、思わせぶりな匂いに弱りきった犬の鼻も恍惚とする。犬の命が尽きかけているのかもしれない。犬は門番の指をぺろりと舐める。犬は死んでもいいと思いはじめたのかもしれない。せめて死ぬ前にこれだけは知りたいと犬は思ったようなのである。これまでついぞ口にしたことのない問いを口にしたようなのである。心の硬直がはじまっていた。もう四本足でも二本足でも起きあがれない。すっかりちぢんでしまった犬の上に、漠たる心をした門番がかがみこんだ。

「欲の深いやつだ」と門番は言った、「まだ何が知りたいのだ」。「王様の行方を……」と犬は言った。

「この永い時間、私の王様はいったいどこにおられたのでしょうか。私以外の誰ひとり、城の中に入ろうともせず、城の中からは誰ひとり出てはこなかった」。

犬の心の輪郭が消えかけていた。闇の中に溶け込んでいく声で門番が囁いた。

ほかの誰ひとり、ここから中には入れない。ほかの誰ひとり、ここから外へは出ていかない。この門は、俺ひとりのためのもの、この門こそが掟、この門を固く守り、この門に固く守られる者こそが王なのだ。俺はもう存分におまえとの時間を楽しんだ。さあ、もう、王はいく。いいかげんにおまえもいけ。

またもや運命

私はF。運命を覗き見る者。

王様がKとともに放り投げたKの誕生日を私が拾ってきた。

それは、誰もがその名を知る黒い歌を歌う白い歌手の誕生日と同じだった。Kを放り投げるまでは、王様がKの誕生日と白い歌手の誕生日が同じであることを覚えていたのも興味深いことだった。Kを放り投げた後は、その日が白い歌手の誕生日であることだけを覚えているのもまた興味深いことだった。

王様自身も、ふだんは黒い歌などろくろく聴きもせず、爽快なほどに激しく物忘れする自分が、なぜ、黒い歌を歌う白い歌手の誕生日を覚えているのか、少しばかり謎に思っているのであるが、それもまことに王様らしい理解で理屈をつけて、そうか、自分はそれほどまでに黒い歌が好きだったのか、白い歌手が好きだったのか、すっかり忘れていたわいとみずからを微笑ましく感じているのだが、よもや、白い歌手の誕生日の裏に消去したＫの記憶が呪いのように張りついているからなのだとは気づきもしなければ、気づく気もない。気づかぬように記憶を消去しては、自分をも騙すために記憶を書きかえる作業を日夜つづけている王様なのであるから。それでなくては王様などやっていられないのだから。

記憶をひとつ消すたびに、そこに消された記憶どもの呪いが張りついて、年々、数と重みと恨みと飢えと渇きとを増してゆく呪いに王様の命の時間が喰われていることに王様は気づいていない。気づかないどころか、年々、自分好みの心地好い記憶を、消去された記憶の跡に張りつけて、甘やかされた記憶に取り囲まれて王は楽しい。そうして快楽を貪るほどに呪われて、幻の悦楽にくるまれて、ひとりぼっちの恍惚のうちに命が尽きる。王とは、つまり、そのように運命を生きる者なのである。

さて、本題に入ろうか。王様にあっけなく消去されたしもべＫの運命のことである。Ｋは黒い歌を歌う白い歌手と同じ誕生日、だから白い男に服従して、黒い歌に惹かれて、歌の解剖をするようになった？　いやいや、運命を覗き見る者は、そんな素人でも思いつきそうなことはけっして言わない。そういうのは単なる偶然だからね、ただ、その偶然を必然と信じ込む愚かな力をKは持っていたかもしれないね。それは王様のしもべにみずからすすんでなる者たちに共通の、実に優れた資質だからね。

ほら、これがKの運命式だ。

	日	月	年
天干：	乙（陰木）	癸（陰水）	丁（陰火）
地支：	酉（陰金）	丑（陰土）	酉（陰金）

乙は蔓草、

この人はからみつく性を持つ人だ。いやになるほど粘り強くからみついてくる人だ。この人を根つこから支えるものはこの運命式には何ひとつない。だから、水が出れば流される、火がくれば焼かれる、土がくれば汚される、金がくれば切り刻まれる、そういう人なのだ、この人は。

しかも、この人は、いたぶられて生きることがつねとなっている人だ。いたぶられていることにすら気づかない人だ。人間というのは、自分の人生に誰よりも慣れているもので、自分の人生がつねにあらゆる人生の標準だから、いたぶられることが生まれつきの自己標準ならば、それはそれで幸せなのだ。

しかも見てごらん、地支《ちし》に「酉《とり》」「丑《うし》」が並べば、金局半会《きんきょくはんかい》となって、地支はすべて「金《かな》」気を帯びる。地支とは運命の見えない根の部分であり、人には見せない内心の世界でもある。つまり、Kの内心は「金」に厳しく支配されている。「金」というのはお金じゃないよ、蔓草を切り刻む鉈《なた》だよ。その鉈に生まれた時から切り刻まれている、自分でも無意識のうちに切り刻まれるほうへ行こうとする。それがKの持って生まれた運命、生き方の癖なのだ。内心の隠された志向なのだ。

そして、ほら、王様の運命式を思い出してごらんよ、王様は金の塊、鉈の人。カンカンカンと木や蔦や草を切り刻むのが大好きなお方だ。生まれてこのかた飽きることなくカンカンカン、死ぬまで飽きずに楽しくカンカンカン、もうおわかりでしょう、困ったことに、切り刻まれて、切り刻んで、また切り刻まれる、そういう関係を、Kではなく、Kの〈運命〉が愛してやまない。切り刻む王様たちに切り刻まれて時を過ごすのは、Kの〈運命〉にとっては、このうえない悦楽、だから

〈運命〉はKを刻まれて刻むほうへとどんどん押し流していく。

なるほど、Kは王様に刻まれるだけでなく、黒い歌を切り刻んで生きているではないか、無力な黒い歌から生きる悦楽を吸い取ろうとするではないか、それはそもそもは最初の王であった白い男に切り刻まれながら教え込まれたことではないか、「黒い歌を切り刻む私は、白い男に切り刻まれる私」という、ねじれた切り刻み方で自分を刻んだではないか、

そうして自分を切り刻む王様たちとともにある悦楽を、いつも夢見て生きてきたではないか。

〈運命〉とは夢なのである。〈運命〉に流されるとは、どっぷりと夢に浸かって生きることなのである。夢は人間を優しく温かく包み込むばかりでなく、時には真綿のように人間をくるんで締めあげて、死ぬのもわからぬくらいにじわじわと、まるで愛するあまりのことであるかのように切り刻みもすれば、殺しもするのである。

木は火を産む、火は土を産む、土は金を産む、金は水を産む、水は木を産む。
木は土を尅《こく》す、土は水を尅す、水は火を尅す、火は金を尅す、金は木を尅す。

もう少し、細かく覗いてみようか。

人間の運命は一〇年ごとに流れが変わる。Kの場合、生まれてからおよそ二〇年の間、少女時代、青春時代が何より幸せな黄金の時代だったのである。まるで自力で夢を見ているような、白い男に切り刻まれるのもみずからすすんで選び取った悦楽のような、願えば何でも叶うような、錯覚の万能感を楽しんだ、夢見心地の黄金少女時代、少女の身に刻み込まれた生涯忘れがたい水もしたたる悦楽の味……。

ところが、厄介なことに、中年期には火の勢いが強まるのである。火の勢いが強まると、灰が積もって土となる、山のような土になる、草木は土に欲情するのである、欲情しきれないほどの山に取り囲まれて、あれも欲しい、これも欲しい、手当たり次第、何でも欲しい、焼けつくような欲望に身を焦がすのである。

仕事が欲しい、地位が欲しい、名誉が欲しい、男が欲しい、王様が欲しい、縛って欲しい、叩いて欲しい、切り刻んで欲しい、たがはずれる、なにかが狂いはじめる、年齢もますます熟してくる、わけもなく力がみなぎってくる、それは根本的に間違った錯覚なのだけど、錯覚と気づいてしまったら一気に力が消え失せるから、信じる信じる自分の力を信じ込んで欲情に身を委ねる、もっと楽しみたい、黄金の少女時代のように輝かしい私のように手放しで楽しみたい、願うものすべてが欲しい、叶うはず、手に入るはず、私なら手に入れられるはず、欲情に突き貫かれて、あちらの王様、こちらの王様、王様を訪ね歩いて、ねえ王様、私を叩いて縛って切り刻んで、おお、おお、見てごらん、Kが幻の歓びにのみこまれてゆく、幻の悦楽に身を震わせている、外側をなくした出口なしの夢の中に閉じ込められてゆく、出口なしの夢のうちに澱む阿片のような毒にじわじわと骨の髄まで犯されてゆく。

どうしたらKを真綿の夢の中から救い出せるだろうか？
王様たちは誰ひとりKを救う力を持たなかった。
王様たちはカンカンカン、Kを切り刻むのに忙しかった。
それでもKは今までどおり死ぬまで王様たちにからみついていくのだろうか？
誰がKを救い出せるだろうか？
Kはわが身を救うことができるのだろうか？
Kには自分を救う気などないのではなかろうか？

あとかたもなく切り刻まれることこそがKにとっては救いなのではなかろうか？

私はF。

私は知っている。Kを生かすも殺すも救うも、それはKの運命を盗み見た私だけが知ること。

教えてやろうか、どうしたらKは救われるか？

これは第一級の秘密だよ。人の命に関わることだからね。命がけの人にしか、教えることはできないのだよ。たとえあなたがK本人であってもね。

もし、あなたがKならば、そして、救われたいならば、本気で知りたいならば、夢の外で本気で生きてみたいなら、さあ、私の口を割ってごらん。

私を命がけで拷問してごらん。

【メモ5】

応答しなければいけない。ここに言葉が誕生する。

――レヴィナス

他者

犬が考えている。

むやみに考えることが好きな犬である。

どんな考えでもよいから、なにかで頭を満たしていないと、命がうつろになるように感じているのである。

今日の犬は、犬にとっての抜き差しならない「他者」について考えている。

私はあなたという「他者」によって深く傷つけられた者、
私と「他者」は、そもそも「非対称」の関係なのである。
私は「他者」に応答せずにいることができない。

私とは、「他者」へ差し出された言葉なのである。

私とは「他者」に与えられた傷によって傷つきつづける者なのである。

私は「他者」を憎み殺す者であり、「他者」の代わりに死ぬ者であり、
私は、愛という過剰、憎しみという過剰を生きる者なのである。
過剰とは尽きることのない問いなのである。

私は「他者」に問う。
問いつづけることで、私は「他者」に応答しようとする。
問いつづけることで、私は「他者」に縛られつづける。
問いつづけることで、私は自身の存在のすべてを「他者」へと差し出す。
問いつづけることで、私は「他者」に全面的に服する。
私は問いとなって、言葉となって、「他者」へと身も心も差し出すのである。
けっして私のものにはならない、けっして触れることのできない「他者」へと、
言葉は果てしなく差し出されていくのである。

そして、「他者」に対するこのような関係において、私の代わりになりうる者はない、

それゆえに、私だけが「他者」に責任を負う者なのである。

私は、たったひとり、孤立無援、剥き出しの生身で、
この世界を背負って、「他者」と向かい合う。

あまりに過剰な私はこの世で鞭打たれる私なのである。
すべてはあなたという「他者」の顔を見てしまったがゆえに、
わけもわからず、あなたという「他者」の顔に見つめられてしまっているがゆえに、
ほかならぬ私のもとにあなたが到来してしまったがゆえに。

説明不能、問答無用、私は「他者」に召喚されたのである。

「他者」は「私を無視してはならない」と言う。

私のすべては、「他者」のために、「あなた」のために。
私の自由は、「他者」のための、「あなた」のための自由。

すべては「他者」のために。
あなたのために。

ふたたび女王様より一言

おまえがいろいろと苦しくて狂おしい状況にあるのはわかるのであるが、その苦しみその狂おしさに安住して欲しくはないのだよ、狎れ親しんで欲しくないのだよ。狎れてしまえば、そこから生まれいずるはずの愛も、条件反射の回路をぐるぐるまわる単なる生体反応になりさがる。私はおまえにいつも言ってるだろう、命がけで愛し愛されよと。女王様のこの言葉をおまえはすぐ忘れる。生きていることすら、すぐ忘れる。忘れられてしまう私は、無性に悲しい。犬のくせに、この私を忘れるとは、この私を悲しませるとは、おまえ、不埒にもほどがある。

何度でも言うよ、おまえ、拷問してやろうか。

しつこく言うよ、本気の拷問をしてやろうか。

これは女王様の命令だ、
命がけで拷問してやるから、命がけで生き抜いてごらん、
本気で生きて、
本気で死んで、
本気で生まれ変わってごらん。

犬より女王様に一言

またまたお戯れを……。
あなたが命がけで拷問する相手は私ではない別の誰かでしょう？
私が命がけで拷問して拷問される相手が、
もはやけっしてあなたではないことを私は知っているのです。
でも、女王様、ありがとう。

「命がけで生き抜いてごらん、本気で生きて、本気で死んで、本気で生まれ変わってごらん」というあなたの言葉、
それだけは私も命がけで、本気で受け取りましょう。
ありがとう、女王様。

犬よりもう一言

女王様、私は最近あることに気づいたのです。王様のことです。あのなにかと漠たる王様に、なぜに、次から次へと、湧いて出るようにしもべが現れ出ては、くるくると容易には解けないほどに巻きつくのかという問題。
(女王様はその問題にはまったく関心がないということも含めて、そもそも女王様はけっして王様のしもべにはなりえないということまでをも考え合わせて)、
これは、私には非常に興味深い問題のように思われるのです。
支配するということ、服従するということ、そして支配と服従を結ぶものについて、なんて無駄

なことに時を費やしているのかしらとじりじりいらいらしながら、でも気がつくと漠たる王様のかたわらで、王様の漠たる指を舐めながら、そのことばかり私は考えています。考えることの欲望をはしたなくも際限なくかきたてられて、考えることに淫して逃れられないのです。

女王様、思うに、本当の支配は、解放することからはじまるのではないでしょうか？
支配者は、解放者の顔で現れるのではないでしょうか？
無意識のうちに他者を解放する者、それこそがなにより厄介な支配者ではないでしょうか？

漠たる王様は目の前の何者にも働きかけということをしないお方です。ただそこにいる、なにか虚ろな穴のようにしてそこにいる、いつも中指を風見鶏のように虚空に突き立て、おのれを包み込む夢の行方を探っている、夢がじっと潜む秘密の穴のありかを探している、あまりに穴ばかりを探しすぎて、穴のことばかりを思いすぎて、自分自身が穴になってしまった、穴以外のことは何ひとつ考えてはいないから、空っぽの虚ろな穴になるほかなかった、それが王様なのです、そして、王様の虚ろな穴は虚ろであるがゆえに、なにかすさまじい引力を持っている、うっかり、その穴を覗き込んでしまったなら……。

解放して、支配する、虚ろな穴。

それが王なのだと、私は今、ほとんど確信しています。

【メモ6】

君の身体から君を遠ざけてくれる思考を君はもとめるだろう。君はそうした思考に王国をさずけるだろう。

——ジョー・ブスケ『傷と出来事』より

王様

口癖

犬め、この犬め……。

コレクション

王様はコレクターである。

まず第一にクリケットのスティック、それからクリケットのときのウエア、そしてクリケットのときの靴。王様の城には、王様が百人は住んでいるのではないかと思われるほどに、スティック、ウエア、靴が山積みになっていて、それはなんだかアウシュヴィッツの靴の山を思わせる惨状で、この惨状というのはもちろん靴にとっての惨状であるのだが、(靴に気持ちがあるならばの話だが、書き手である私は当然に靴にも気持ちがあると信じている)、靴の山の下のほうは、もう、ひしゃげて、つぶれて、何があるんだかわからない状態で、王様にその存在を忘れられてしまって、コレクションされてから一度も履かれていない哀れな靴もその中にはあるのである。しかし、王様の場合、集めることに意義があり、系統立てて保管・陳列することについてはなんら意義を見出していないし、この件について王様にクレームを申し入れる靴もないので、靴に関して言えば、城の中はいたって平穏である。ときに、王様と靴の関係について、古い話ではあるが、フィリピンの故マルコス大統領の妻、イメルダ夫人がマラカニアン宮殿に残した大量の靴を想起する者たちもいるのだが、それはイメルダ夫人にとってはまことに心外なことかもしれない。イメルダ夫人は国民を粗末に扱いはしたが、靴については実に見事に保管・陳列していた。それは誰が見ても彼女が靴を愛しているということがわかる風景であった。

とはいえ、王様についても、イメルダについても、おのれのたった二本の足で履ききれないほどの数の靴をコレクションするという時点で、アウトであるという声も聞こえないことはない。履かれる靴と履かれない靴との間に生まれる嫉妬・羨望・葛藤・苦しみ・痛み・トラウマを思うならば、愛を注ぐ靴はおのれの足に見合うだけに絞り込むべきだという声である。きれいに棚に並べているからといって、そこに愛を感じるのはいかがなものかと、その声は愛を感じる側にもやんわりとクレームを入れているようでもある。王様にしろ、イメルダにしろ、誰にしろ、コレクターという人種に、コレクションされるモノへの愛があるのかどうか、これは検討するに値する問題かもしれないが、愛などという漠然とした言葉で〈収集する－収集される〉の関係を語ること自体に限界があるとも言えるかもしれない。たとえば、〈なでる－なでられる〉、〈なめる－なめられる〉、〈たべる－たべられる〉、〈だく－だかれる〉、〈うつ－うたれる〉、〈ふむ－ふまれる〉、〈さす－さされる〉、〈ころす－ころされる〉といった関係を愛で語れば語れなくもないが、そのように語ってしまえば、かえって愛を見失うという、愛を語ったとたんに、愛ではなくなるという、そういう現象のほうこそ、検討するに値する問題なのかもしれない。

さて、王様のもうひとつのコレクションは、歌う犬である。王様は指揮棒がわりに中指を虚空に高くさしあげて、繊細に振って、犬たちを歌わせる。城の外に放し飼いの犬もいれば、城の内に飼っている犬もいる。押しつけがましい高い声の犬もいれば、忍び寄るように囁く低い声の犬もいる。外犬も、内犬も、いずれも見えない首輪と鎖で王様につながれている、(見方を変えれば、王様もまた犬につながれていると言えなくもない)。

外犬も、内犬も、よく歌う犬だ。王様を讃える歌を歌う犬たちだ。王様は歌声に癒され勇気づけられますます王様らしくなってゆく。ますます「歌う犬」コレクションに精を出す。ますます中指を虚空で振り回す。

それが、ここのところ、そこはかとなく耳障りな歌を歌う犬が一匹。あやつの歌にはどこか、なにか、含みがあるように響いて、王様は漠然と気分がよろしくない。

今日は、あやつはこんな歌を歌っていた。

He's a real nowhere man
Sitting in his nowhere land
Making all his nowhere plans for nobody

Doesn't have a point of view
Knows not where he's going to
Isn't he a bit like you and me?

Nowhere Man, please listen
You don't know what you're missing
Nowhere Man, the world is at your command

He's as blind as he can be
Just sees what he wants to see
Nowhere Man can you see me at all?

この歌を聴く王様は、自分が讃えられているのか、貶められているのか、一瞬わからなくなるのだが、若干の耳障りな感触も残るものの、すぐさま讃えられているのだと思うことにする。なにしろ、世界はあなたのものと犬は歌っているのだから、物事はいいとこどりするに限るのであるから。

そうだ、世界は私のものだ、私が欲しい靴はすべて私のものだ、私が飼いたい犬はすべて私のものだ、私のすべては私のものだ、すべての欲望は私のものだ、私のものだ、私のものだ、〈愛しい私〉の欲望は私の〈愛しい欲望〉なのである、私は私のすべての欲望のコレクターなのだ。

緑の肉のしもべ

まことに心外である。そう王様が言うのである。

近頃、私は、肉食も肉食、肉を求めるあまりこらえ性もなく野放図に素行の乱れきっている王のように噂されているようであるのだが、犬よ、おまえか、その噂を歌って歩いて流しているのは。心外だ、はなはだ心外だ、そう王様が涙するのである。

さても王様が言うことには……、

巷での私の言われようといえば、まるで「蝿の王」ではないか、ほら、ノーベル文学賞を取ったあの作家の、孤島でのサバイバルが殺し合いに転じた少年たちの物語に登場するあの蝿の王のようではないか、確かに私の心は少年のようではある、少年たちが崇拝するナニモノカになぞらえられるのも悪くはなさそうではある、いや、でも、どう考えても蝿の王はいただけない、私の言われようは、まるで、蝿が群がる豚の生首を捧げられる闇の中のひそかなケダモノのようではないか、得体の知れぬ闇に潜む災厄のように私を呼ばわるなんてヒドすぎるではないか、私はあまりの噂に泣いたぞ、心臓が止まりそうになったぞ、一粒五千円もする漢方強心剤を何粒も飲んだぞ。

これだけは、はっきりさせておこう。私は、言うならば、「草の王」なのだ。「草の王」とはいえ、みながよく知る「稲の王」のように、この世の象徴として宮殿の玉座に鎮座ましますような大それたことはけっしてしない、できるはずもない、私はちっぽけな王なのだ。

おまえに肉食か草食かと問われれば、正直に肉食だと答えよう、でも私の肉食は限りなく草食に近いのだ、その意味するところを説明しようか、おまえは聞いてくれるか、おまえの耳から犬の噂を洗い流して聞いてくれないか、そうだ、確かに私は肉食だ、しかし私はけっして狩りには出ない、私はハンターではないのだ、私の食する肉は私の牧場に迷い込んできた草食動物たちの肉なのだ、私は町のあちこちにひそかな牧草地を持っているのだ、そこは囲いのない自由な牧草地なのだ、私はそこにこまめに、本当にまめに訪れては水をやり、雑草を抜き、肥料をまき、牧草が勢いある緑に育つようこのうえないほど気を遣い、そして、おいでおいで飢えたる草食動物たち、こっちの草は甘いぞ、こっちの草はみずみずしいぞと、ひそかな声をそっと町のあちこちにめぐらすのだ、するとやってくるくる、愚かしくて愛しい草食動物たちが、無防備な、もしくは怖いもの知らずな、あるいはうっとりするほど大胆不敵な草食動物たちが、芳しい草の匂いに引き寄せられて、王の牧草地にやってきて草を食む、王の草を食んだ小動物たちは、知らず知らず王のしもべ、食を供されるということは、つまりは服するということなのである、しかし私のほうからは彼らには近づかない、私はただひたすらに、微笑みをたたえて、ひそかな牧草地に水をまく、肥料をまく、時機を待つ、私の牧草地の草なしには生きられなくなった小動物たちが、草を大切に育んでいる私に心打たれて、狎れ親しんで、すり寄ってくるのを、むずむずと気長に待つ、王様、今度はいつこの牧草地にいらっしゃいますかと声がかかるのを待つ、やがてしもべどもが全身くまなくほどよい緑に染まって、草だか肉だかもわからなくなって、草の従順さをその身にたっぷりと染み込ませて、私の足元にひざまずいた時に、私はそのしたたる緑の肉を私の中指でそっとなでる、それでもおとなしくひざまずいているのなら、その沈黙の中に緑が封じ込んでいる熱を確かに感じ取ったなら、王への捧げ物となることの感動を熱く表しているその緑の肉に、ぐいっと、穴があくほどに、中指を押し込んでみる、突き刺してみる、がぶりと一気にくらいつく、美味い、実に美味い、緑の肉が震える、痺れている、私も震える、痺れている、たまらなく美味いのである……、つまりはそういうことなのだ、私は「草の王」なのだ。

しかし、従順な緑の肉にも危険は潜む、「草の王」であることも大いにリスクを伴うのである。説明しようか、聞いてくれるか、動物が草になって身につける従順さとは、ときには暴力的なまでの従順さになるのである、ケダモノの従順さなのである、緑のしもべどもは私の欲望を先回り先回りして私よりも先に私の欲望を満たそうとする、溢れんばかりに私に尽くそうとする、それがどんどん前倒しに過剰になっていくのである、獰猛なほどに過剰なのである、たとえば私がほんの一分だけ緑のしもべに指を舐めてもらいたいと欲望する、すると獰猛な緑のしもべは一時間、一〇時間、一〇〇時間、舐めつづけようとするのである、これはつらい、まことにつらい、しかしその従順さを責めるような器の小さな王ではありたくない、だから私は耐えるのだ、まるで鋼鉄の針金でできたつる草のようにからみついてくる従順さにぎりぎりまで極限まで耐えるのである、それがとうとう首にかかって、首を締めあげて、息が苦しくなるまで耐えつづけるのである、ああ、殺される、そう思った瞬間に、ようやく私はからみつく緑のしもべのからまる蔓をばっさりと断ち切るのである、これは「草の王」が抱え込んでいる業《ごう》である、私が「草の王」である限り、私はきっとくりかえし緑のしもべにぎりぎりとからみつかれ、耐えに耐え、死の淵で溺れかけては、最後の力を振り絞って生還するのである。命がけで巻きつかれ、息もできないほどに服従される、それは私の誇り、王たる私のレゾンデートルなのである。

私は愚かなのであろうか？　おそらく愚かなのであろう。誰よりも愚かであるゆえに、その愚かさを味わい尽くそうとするその欲望ゆえに、私は王なのである。

セイレーン

犬よ、私は怖かったのである。逃げたくてたまらなかったのである。しかし、逃げることは私のプライドが許さなかったのである。

私が草の王であるからには、かならずや、歌で私を惑わす緑の肉のセイレーンに出会うことになる。これは運命なのだ。王であるからには、逃げるわけにはいかないのである。問題はどの緑の肉がセイレーンなのかわからないということなのである。

緑の肉のセイレーンは、自分に近づく者すべてを惑わす魔力を持っている。それに気づかずにうかうか緑の肉にかぶりつけば、そのとき緑の肉があげるかよわき鳴き声を聞いてしまえば、私の心の中にもしみじみと宿っていたはずの愛が、人を愛する心が凍りついてしまうのである。緑の肉のセイレーンたちは王の牧草地に紛れ込んで何気ない顔で佇んでいて、ほんの少しだけ他の緑の肉たちよりも王ににじり寄ってくるのである。この、ほんの少しだけ、というのが曲者なのだ。ほんの

少しだけ他の者どもより目立っているはずなのに、目立ち具合がほんの少しなものだから、なにやら奥ゆかしく感じるのである。そのうえ愛しくも感じるのである。それは見事な足し算引き算の魔術なのである。

そして、緑の肉のセイレーンは、十分ににじり寄ったその瞬間に耳元で歌いだすのである。その歌声は王の心を震わせる、痺れさせる、麻痺させる。緑の肉のセイレーンの周りには、歌声に痺れて倒れた人間どもの腐れて肉もこそげ落ちた白骨がうず高く積もり、腐り果てて渇ききった心がちりぢりばらばらに砕け散っている。恐ろしい、実に恐ろしい、なのに、私はこの緑の肉のセイレーンをすりぬけてこそ、セイレーンならざる緑の肉どもを食することができるのである。これは草の王であることの試練なのだ。

緑の肉のセイレーンは、黒い歌をうたう。かぼそく、かよわい声で、上目遣いに這いのぼってくる声で黒い歌ばかりをうたう。その声から耳をふさぐには、甘い蜜蠟をこねて耳に貼りつけるほかはない。もしその黒い歌声を聴きたかったら、耳栓をした誰かに私を縛りあげてもらって、付き添ってもらって、私が黒い歌声に身悶えて縄を解こうとしたなら、私をさらに縛りあげて、打ちすえて、叩きのめして、私が私の足で緑のセイレーンのほうへと近づかぬようにしなければならない。しかし、私は王だ。誰からもそんな仕打ちを受けるわけにはいかない。

私は十分に用心したつもりだった、王の牧草地にいくたびに、わが平凡なる緑の肉どもの熟成ぶりに目をうるうると楽しませた、蜜蠟で怠りなく耳を塞いでいたはずだった、黒い歌を聴いてみたいという欲望に負けないはずだった、ほんの少しなら、蚊の鳴くような声なら、耳に入ってきても大丈夫なような気もしていた、ほんの少しだけ、聴いてみようか、緑の肉のセイレーンの黒い声が耳に入ってきた瞬間に走って逃げればいいのだと思った、だいたい、私の目を引く、あのほんの少しだけ目立っている緑の肉がかならずやセイレーンであるわけがないではないかと思った、おうおう、おまえはなにか私に話しかけているな、歌いかけているな、その目は切ないな、その口は愛らしいな、その声ははかないな、聞こえないぞ、もっと近うよれ、私の耳におまえのその声を注ぎ込め……。

「東の都の草の王様、誰より愛しいわが王様、どうか私の歌を聴いてください。これまでこの牧草地を訪れて、私のこの黒い歌を聴かずに通り過ぎた者はいないのです。でも、私は誰よりも草の王様に私のひそかに黒く光り輝く歌を聴いて欲しいのです。聴けば、きっと心もとろけて、愛に満たされて、王様の命も清く美しく洗われます。私はこれから王様のもとを訪れる不幸も幸福もすべて知っています。この世に起こるすべてのことを知っています。なぜならば、私のうたう黒い歌は王様のすべて、この世のすべてを知る歌なのです、黒い歌は予言する歌なのです。この歌を聴けば、この歌を独り占めするならば、あなたはこの世の唯一絶対の王になることでしょう」。

もちろん私もそんな言葉はたわごとだとわかってはいたのだ。しかし心がむずむずと弾んでしまったのだ。思わず目の前の緑の肉をきつく抱きしめて、中指を押し当てて、さあ歌えと口走ったそのとき、緑の肉のセイレーンが黒い鳴き声を漏らしたその瞬間、私は既にがんじがらめになっていたのである。緑の肉のセイレーンがあっという間に隙間なく私にからみついたのである。からみつくなり私にこう囁いたのである。

「私の黒い歌を聴いたであろう。黒い歌がおまえに教えたであろう。この私を切り捨てたなら、おまえは死ぬ、おまえは死ぬ、おまえは死ぬ、私とおまえは一蓮托生、今この瞬間から同じ夢のむじな、離れない、死んでも離れない、殺されても離れない、おまえから……」。

犬よ、私は怖かったのだ、犬よ、私は私の失敗を許せなかったのだ、犬よ、私はこうなった以上逃げるわけにはいかぬと思ったのだ、黒い歌の予言など、緑の肉のセイレーンの言うことなど、まやかしにすぎぬとわかってはいた、けれど、一抹の不安が、失敗に傷ついた私のプライドが、私を縛りあげて身動きならなくさせたのだ、そうなのだ、私を縛りあげたのはあの緑の肉のセイレーンなどではないのだ、私自身なのだ。

しかし、犬よ、よくも私に噛みついたな、私にからみつく緑の肉のセイレーンもろともよくも私の肉をひきちぎったな、痛かった、怖かった、プライドが取り返しのつかぬほどにずたずたになった、私は私ではなくなったようだった、緑の肉のセイレーンの返り血を浴びて、真っ赤に燃えあがって挑みかかるおまえが、私は怖くてたまらなくなった、私は私を、おまえの前に私のすべてを投げ出すほかなくなった、私にそんなことをさせるおまえを私は誇らしく思った、私はおまえの王様であることを嬉しく思った、心底悦ばしく思った、犬よ、私の犬よ、さあ、私にもっともっと喰らいついてくれ。

王様用語の基礎知識1

喰らいつくにもほどがある。

ときおり王様は悲しげにそう呟く。犬の鋭い歯は王様の肉を突きとおして心にまで喰い入って、心の中の秘かな部屋にまでたどりついてしまっているようなのだ。王様にとってはあまりに自然でそういうものがあることすら忘れていた王様の行動の原理や、その原理にのっとってあまりに自然の流れの中で為された行為であるがゆえに記憶する前にすでに忘れられてしまっていたことや、恥じ入るばかりにあまりに自然になされたことのその羞恥の念ゆえに不本意ながら記憶に残ってしまったことや、王様自身も知らずにすませておきたいことどもを、犬の鋭い嗅覚は犬の本能にただしたがって自然にやすやすと嗅ぎとってしまうようなのだ。

犬よ、よくぞここまできた、しかし犬よ、秘かな部屋まで入り込むとはあまりに情けに欠けるではないか、秘かな部屋に隠しこんでいた王の原理、王の言葉、王の文法、その意味までをもその鋭い歯で噛みくだくとは、それがおまえの本能とはいえ、あんまりではないか、王には王の原理があり、言葉があり、それには秘密のベールがかけられているからこそ王であるのに、犬よ、おまえは私を裸の王にするつもりなのか、からみつく緑の肉からおまえによって救われた私は、おまえによって王の虚飾まではがされねばならないのか、それが救われた命の代償か、そう王様は苦しげに呟く。

しかし、犬はどこまでも犬であるから、中途半端なことはできないのである。思い込んだら途中で引き返すということができないのは犬の本能に直結するごくごく自然な属性なのである。喰らいついてくれと言われれば、どこまでも喰らいつくのである。

犬は今、王様の秘密の部屋で、王様が緑の肉どもに用いてきた数々の言葉を音を立てて噛みくだいている。噛みくだかれた言葉どもも王様同様虚飾をはがされ、裸の声をあげる。

ほら、たとえばこんなふうに。


「私はおまえを好いている」(噛みくだかれる前の言葉)
→「おまえは私を好いているのだな」(噛みくだかれたあとの言葉)

「おまえは魅力的だ」
→「おまえは私をちやほや崇める」

「おまえにはユーモアがある」
→「おまえはかまって遊ぶにはちょうどいいくらい幼稚だ」

「おまえの気持ちはよくわかっている、だからもうそれ以上何も言うな」
→「肉の分際で、私に心を求めるな、私に心を押しつけるな、肉のほかの分かち合う何かを求めるな」

「おまえを断ち切ったのちも、おまえにからみつかれたことを私はけっして後悔することはないだろう」

→「おまえの肉はうまかった、おまえを食することは楽しかった、しかし、おまえがどう思っているかは、私の関知するところではない」

一途な犬が裸の王様にお伺いを立てる。

王様、これでよろしいでしょうか？

一途であるということは、ときにひどく残酷でもある。王様は厳かに口ごもる、そして犬に身を委ねる。

王様用語の基礎知識2

珍しく王様の側から犬に申し出たのである。

犬よ、おまえは王様の一番重要なwordの定義をし忘れているぞ。

「なりゆき」。

この言葉が私の行動の鍵なのではないのか？

なるほど。犬は頷いた。しかし、みずから申し出るとは、王様は犬の鋭い歯、厳しい嗅覚の前には抵抗しても無駄であるとすっかり観念したのであろうか、あるいは、一度王の衣を引きちぎられて裸になってしまったなら、快楽主義者の王様にとっては裸であることの快感のほうが勝ったのであろうか、もっともっと脱ぎたくなったのだろうか、もっともっとわが身をさらしたくなったのだろうか、そもそも、これもまたなりゆきなのであろうか。


王様用語の基礎知識、その最重要ワード。

「なりゆき」。

犬がその定義と用法を考える。


「私の行動はすべてなりゆきである」

↓「すべてのきっかけは向こうからやってくるのである。私はそのきっかけに担ぎあげられるだけなのである。担ぎあげられるのが実に巧みであるがゆえに私は王なのである。いったん担ぎあげられたなら、あとは誰が担いでいるのだかわからぬまま、私は実に自然に担がれて、まるで生まれた時からそうであったかのように王の権威を身にたっぷりと馴染ませて、まるでずっと前からそうであったかのように目の前でひざまずくしもべに対して王の役割をひたすら全うする。これは私が決めることではない。しもべが決めることでもない。右か左か、上か下か、乗るかそるか、触れるか通りすぎるか、かわいがるか打ち捨てるか、最終的な判

断は状況によって為されるのだ。そこには個の意思などは働いていないのである。ゆえに先のことなどわからぬし、誰にも何も責任などないのである。それを王様こっくりさんゲームと呼んでもいいだろう。おそらく誰もが知っているように、これはやりようによっては楽しいことこのうえないゲームであろう。このゲームでは、たとえば、担ぎあげられたということ自体が権威の源なのであり、権威があるから担ぎあげられるわけではないのである。それゆえ、権威の実体をつかみとろうしても、それは見事に空っぽである。この『権威』という言葉を『魅力』と言い換えてもよいだろう。しかし、空っぽな権威ほど、空っぽな魅力ほど、有用なものもないのである。すべての状況は空っぽの権威の周囲で生成流転してゆく。空っぽの権威は、そのうちに欲望を誘い込んで、邪心を呼び込んで、悪意を育て、狂気を養い、果てしなく膨れあがる。ゲームは麻薬のように夢のように虚しくつづく。誰もがみずからこのゲームに加わった自覚など皆無のゆえに、ゲームから降りるということなど思いもつかない。このゲームから降りるには、実のところ、死ぬか、殺されるか、殺すしかないのである」。

ふたたび犬は考える。

王様はロラン・バルトを知っているのだろうか、王様はフランスが好きだから、フランス人のバルトの空虚な中心をめぐる論を一瞥くらいはしたかも知れぬ、一瞥して、ああ面倒くさいと投げ出したのではなかろうか。バルトに言われるまでもなく、王様はその身ですでにその論を見事に生きているのであるから、釈迦に説法、あるいは糠に釘？　なにか喩えが違うような気がするが、おそらく王様はどちらでもよろしいと言うだろう。犬よ、おまえは、なんて面倒くさいことばかり考えるのだと言うだろう。面倒くさいおまえに私はいつか殺されるような気がしているのだと王様は言うだろう。ああ、そうかもしれないね、そうなんじゃない、そんな気もするね、そうだったかもね。「なりゆき」で行動する王様のその行動は、王様自身にとっても他人事のようで、まるで自分の人生を生きていないような気もするのだが、他人の人生を生きる気楽さ気軽さは阿片のように王様の人生を蝕んでいるようなのである。

王様、王様、

じわじわとからみつく阿片の夢にまどろむ王様に、犬がしきりに呼びかける。

ああ、ああ、ああ、

王様が夢うつつながらも声を返すまで、犬は疲れを知らず呼びかけつづける。

それは、なりゆきとはいえ、王様が裸であることに気づいてしまった犬の、犬なりの身の処し方、犬なりの目覚め方、犬なりの王様との誠意ある向き合い方なのである。

そもそも犬の人生には「なりゆき」という言葉はない。だから犬は面倒くさい、欲望も希望も絶望も悪意も誠意も愛も情けも夢も幻も現実も、いちいちそのありかと味と匂いと手触りとその行く末を確かめずには生きていけない動物だから、犬は死ぬほど面倒くさい。付き合いきれぬほど面倒くさい。愛なくしては犬なんかとは付き合いようがないと、こればかりは、王様は寝ても覚めても明確に断言するのである。いったい今そこに愛があるのかないのか。それはわからないんじゃない、と王様は言うのである。

王様に捧げる犬の歌

いまだ自分の歌を持たない犬は、それだからこそしきりに歌いたがって、かつてこの世に生まれて宙に漂いつづける無数の歌に耳をそばだてて、そしてあるとき懐かしい歌に耳を打たれて、これはきっと犬になる前の自分の歌なのだろうとそっと信じて、王様のかたわらでおずおずと歌いだす。歌いながら、これはもしかしたら王様が王様になる前に歌っていた歌なのかもしれない、王様が一番聴きたくなくて、つまりは一番聴きたい歌なのかもしれないと不意に気づいたような心持ちになる。

これが私の頭の中の声です。
声のままを書くからこうなったのです。

あたまのなかのさびしい声
あたまの底のさびしい歌
――宮澤賢治

朗読

王様は漠たる風情でひっそりとソファーに座っている。イタリア製の二人用のソファーである。古道具屋で買ってきた、どこか人肌に馴染んだソファーである。温かな色合いの青いチェックの布で包まれたソファーである。春の海に浮かんでいるようだ、ひねもすのたりのたりの心境だ、王様は眠っているようだ、投げ出された足の、緊張を忘れた柔らかな太腿に、犬が頭を載せてなにか囁きかけているようだ、どうした、犬、何を話そうというのだ、私の瞼は閉じようとしているけれど、耳は開いているぞ、口は言葉を失っているけれど、耳がおまえの相手をするぞ、さあ、話せ、話してみろ。眠りは王様を穏やかにする、心をゆるやかにする。

犬が王様を見あげる、おもむろにさっきからおずおずと手にしていた詩集の一ページを王様の眠りに忍び入るようなひそやかな声で読みはじめる。

「犬いわく」

なんだいきなり論語のようだな。王様はかすかな違和を感じる。確かにそうだ。犬が「犬いわく」と語りはじめるのは、かすかにおかしい。つまりは、犬もまた王様と同様、今はまだみずから語る言葉を失ったまま、それでも黙っていられぬのが犬の犬たるゆえんであるから、とにかく何事かを王様に語りかけようと、この世に生まれて宙に漂いつづける言葉の群れの、そのなかでも古の時より犬たちが傍らの人間たちに向けて語りつづけてきた「犬の言葉」の数々を手繰り寄せては王様に手渡そうとしているのである。だから、「犬いわく」と、犬は語りだす。

犬いわく
ぼくはイヌだから　好んで　ものの裏側へ

ああ、そうだ、おまえはいつも私の裏側をその鼻でまさぐろうとする。かすかな共感に王様がかすかに微笑む。

犬いわく
人間に主人があるかは　知らないが　ぼくに主人なら　たしかにいる
ぼくに「伏せ」を命じる主人
出来たら　チーズ片をくれる主人
ぼくは彼の望みを推測し　忖度し
さかんに吠え　さかんに尾を振る
ぼくは彼を知ろうとつとめるが
彼はぼくを知っているつもり

まどろむ王様の微笑みがかすかに曇る。おまえは私になにかをほのめかそうとしているのか？
私はおまえのように裏側をまさぐる癖は持たぬのだぞ。

犬いわく
歴史とは何だろうか

ぼくが彼に出会って以来の時間？
ぼくらの出会いは　三万年前
あるいは　それ以上ともいう

大きな話だな、大きすぎて耳に入らぬな、もちっと具体の話にしてくれぬか。王様のまどろみがかすかに軋む。

犬いわく
彼の歴史は　ぼくとの歴史ではない
彼は　歴史を自分で満たしたがる
自分で完結させる時間のさびしさ
自分でいっぱいの空間のむなしさ

まどろみにひびが入ったのを確かに感じた王様は、ことさらにまどろむことにする。

犬いわく

ぼくは彼の癒されることのない孤独を
熱い舌で舐めつづけるほかない

　ことさらのまどろみに耐えかねた王様が犬に右手の中指を差し出す。まだまだ語りたいことはたくさんあるのだけれども、今はもうこれ以上語る言葉を犬は持たぬから、うつろな舌で中指をそっと舐める。孤独な中指だ。孤独な舌だ。安易な、いかにもとりあえずの、結末だ。ぺろぺろぺろ。

（高橋睦郎「犬いわく」より部分引用）

イタカへの旅

　今日、王様は犬を散歩に連れ出した。ずっと家にこもって、みずから囚われの身となって、王様をめぐる思考の奴隷となっている犬に気晴らしを与えてやろうと思ったのである。王様は優しい。とりわけ王様と緑の肉どもに関わることのすべてを考え抜こうとしている犬に優しい。犬は王様のご命令ならばと久しぶりに外に出る。街を歩く。王様は犬の鎖をはずしたいのだが、思考の首輪をとってやりたいのだが、もう放し飼いにしてやりたいのだが、犬がそれを許さない。それどころか、知らぬ間に、首輪が二個、三個、鎖も一本、二本、三本、四本、じゃらじゃらじゃら、どんどん増えているようなのである。気がつけば、握りしめる鎖の重みに王様の手も痺れるようなのである。

王様は怯えた、ひそかに震えているようだ、それをけどられてはならないと身構えているようだ、おほん、おほん、咳払いをして体勢を整えているようだ、恐ろしいなにかを払いのけようとしているようだ、いくらなんでも私は王様なんだから、この恐ろしげな鎖の束をいきなり投げ出すなんてぶざまな真似はできないと考えているようだ、どうやら犬の思考が王様を縛りはじめたかのようだ、このままではどちらが犬で、どちらが王様だか、だんだんわからなくなる、これは悲劇だろうか、はたまた喜劇だろうか、そう王様は考えているようだ。

そうこうするうちに街の古書店に犬が入りたいと言う。まことに本好きの犬である。犬の思考が本に向かうことに少なからずホッとして、おお、古書店か、入ろうではないか、王様が明るく言う。王様も犬のお供で古書店に入る。犬はめざとくウィリアム・サローヤンの『人間喜劇』を見つけた。くんくんと匂いを嗅いでいる。懐かしいイサカの街の匂いだと言っている。

イサカ？

王様が犬に尋ねた。犬が王様に答える。イサカは、『オデュッセイア』に登場する「イタケ」のことですよ。カヴァフィスの詩では「イタカ」と訳されているギリシャの島のことですよ。その島は英雄オデュッセウスが戦いのためにあとにした故郷、なかなか帰りつけなかった故郷、神々から与えられた長きにわたる試練と苦難の旅を生きたオデュッセウスのめざした故郷。その故郷の名を借りて、その英雄叙事詩を謳いあげたギリシャの詩人ホーマーの名も借りて、ウィリアム・サローヤンは『human comedy／人間喜劇』というささやかで胸に染み入る少年ホーマーとその家族の物語を書いたのですよ。それは故郷をあとにしてアメリカにやってきた、行方の知れぬ長き旅を生きるかのような一家の物語なんです。ホーマーは実に健気な少年、それはもう切ないくらいで、それはまるで私のようなんです。こういう自画自賛は滑稽でしょうか、ええ、ええ、滑稽ですよね、みずからを語ろうとすれば、どうしたって滑稽になってしまうものですね。だから誇り高い王様はけっしてみずからを語ろうとはなさらないのですよね。悲しいことも苦しいことも嬉しいことも喜劇も悲劇も、人間が生きているそのことそのものを人間自身が物語ろうとするならば、おのずとおかしみが滲みでるものなのですよね。生きることの悲しみに滲むおかしみ、それはきっとほろ苦く切ない微笑を呼ぶのでしょう。人間に悲劇はありえないのかもしれませんね。どんなに悲しくても、悲しければ悲しいほどおかしくて、ほろほろ苦くて、悲劇もまた喜劇の一種なのでしょうね。ねえ王様、そう思いませんか、ねえねえ王様……

と呼びかけられた王様はおりよく目に飛び込んできた『カヴァフィス全詩集』を棚から取り出し、あまりに良いタイミングで「イタカ」と題された詩を眺めている。こういうタイミングを予定調和と言うのだろう、神の見えざる手と呼んでもよい、このタイミングは王様の行動にかならずや影響を及ぼすのであり、タイミングに巧みに乗じるのは王の王たるゆえんであるから、おもむろに王様が言うことには、犬よ、われらもそろそろ船出しないか、呪縛を解く旅に出ないか、散歩くらいでは到底ダメだ、おまえを縛るアレを振りほどくには……、ああ、なるほど、そうか、人間喜劇か、そうか、イサカか、イサカとイタカ、これは同じ街の名なのだな、イサカとイタカ、この微妙な呼び方の違いは、私とおまえ、王様と犬、その微妙な立ち位置の違い、微妙で大きな言葉遣いの違いに等しいのであろうな、どちらにしろ、おまえもわたしも、いずれ呪縛を解いて、いつかきっとイサカかイタカにたどりつくのであろうか。

ああ、長い旅になりそうだ。

王様はくらくらと遥かなイタカを夢見て、そっとカヴァフィスの詩を口ずさむ。犬は王様の遥かな眼差しをその目で追う、途方に暮れる王様の急がぬ声で歌われる「イタカ」にじっと耳を澄ます。

イタカ

イタカに向けて船出するなら
祈れ、長い旅でありますように、
冒険がうんとありますように、
新しいことにたくさん出会いますように、と。
ライストリゴン人、片目のキュクロプス、
ポセイドンの怒り、ああいうものにビクつくな。
士気が高ければ出くわさない。
身も心も喜び勇んでいたら、な。
ライストリゴン人、キュクロプス、
野蛮なポセイドンは出てこない。
来るとしたらきみの心に棲んでる奴。
きみがおのれの行く手に奴らを置くのさ。

祈れ、旅が長くなりますように、
初めての港に着く喜びの夏の朝に
何度も何度も恵まれますように、と。
フェニキア人の交易所のいちいちを
訪れては美しい品を買い入れろ。
真珠母、珊瑚、琥珀、黒檀、
官能をそそる香料、——ありとあらゆる種類の
官能をそそる香料を買えるだけ買え。
エジプトのまちをあちこち訪れろ。
賢者から知恵をもらってたくわえろ。

イタカを忘れちゃいけない。
終着目標はイタカだ。
しかし　旅はめったに急ぐな。
何年も続くのがいい旅だ。

途中でもうけて金持ち物持ちになって
年をとってからイタカの島に錨をおろすのさ。
イタカが金持ちにしてくれると思うな。
すばらしい旅をイタカはくれた。
イタカがなければ船出もできまい。
イタカがくれるものはそれでおしまいさ。

イタカが貧しい土地でも
イタカがきみをだましたことにはならない。
きみは経験をうんと仕込んで
旅の終わりには賢者になるだろう。
その時にはイタカの意味がわかる。
おのおのにとってのイタカの意味がな。

——コンスタンディノス・カヴァフィス

王様の歌う「イタカ」を聴きながら、つまりはこういうことなのかしらと、犬はいつか聞いた黒い詩人の助言を思い出している。イサカでもイタカでも、いずれにしても、そこにたどりつくまでのことが大切ならば、この助言は大いに聞くに値する、不意にイタカへの旅の夢につかまれた遥かな王様に、犬は黒い詩人の助言を遠い心で囁きかける。

みんな、云っとくがな、
生れるってな、つらいし
死ぬってな、みすぼらしいよ——
んだから、摑まえろよ
ちっとばかし　愛するってのを
その間にな。

——ラングストン・ヒューズ「助言」

二枚の饒舌な舌

王様は犬の二つの声を聞いている。聞かないふりをしているのだが、声はおのずと耳をくぐりぬけて、身の内に入ってくる。その声が心の底の奥深いところまで入ってゆくのを許すのか、それとも耳からそのまま虚ろな目へと通り抜けさせて、空っぽの眼窩から虚空へと声を雲散霧消させてしまうのか、それは王様次第。それにしても犬の声は重いのだ。たとえ虚空に放ったところで、たちまち足元へと降りてきて、王様の周囲に澱んでしまうようなのだ。

犬の二枚の舌のうちの毒のある一枚は、ここにはとても書けぬような禍々しいことを王様の耳に滔々と注ぎ込む。

犬の二枚の舌のうちの孤独な一枚は、ここにはとても書けぬような空恐ろしいことを王様の耳に脈々と注ぎ込む。

そうなんだよ、ここには書けないんだよ、あまりに禍々しくて、空恐ろしくて、だから想像してごらん、妄想してごらん、犬の声を自分の舌の上で転がしてみてごらん、その勇気がおまえにあるならば。

おまえが震えながら犬の声を想像して妄想しているその間に、犬の三枚目の舌は犬の耳から犬の心の奥底へと静かな足音で訪ねきた誰かの声を、声にならぬ声でおまえに囁きかけている。王様、王様、聞こえますか、聴いていますか、この声ならぬ声を……。

わたしはわたしに迷わされているらしい。わたしはわたしに脅えだしたらしい。何でもないのだ、何でもないのだ、わたしなんかありはしない。昔から昔からわたしはわたしをわたしだと思ったことなんかありはしない。お盆の上にこぼれていた水、あの水の方がわたしら

しかった。水、……水、……水、……わたしは水になりたいとおもった。青い蓮の葉の上でコロコロ転んでいる水銀の玉、蜘蛛の巣をつたって走る一滴の水玉、そんな優しい小さなものに、そんな美しい小さなものに、わたしはなれないのかしら。

――原民喜『鎮魂歌』より

自分が本当に救うべきは、自分の内の掃いて捨てるほどに過剰な自分を捨てきれない自分自身なのだということを知る者だけが、命がけでみずからを救おうと祈る者だけが、そうしておのれを開いて他者と結び合う者だけが聞き取ることのできる、ひそやかな声があることを犬は知りはじめているのかもしれない。

声を聞きとること、それもまたとてつもない苦しみであることに犬は気づきはじめているのかもしれない。切ない、苦しい歌を犬は歌いはじめているのかもしれない。

ねえ、王様、あなたにはこの声が聞こえていますか？

ねえ、王様、犬にはあなたの声ならぬ声がだんだんとはっきりと聞こえるようなのです、あなたにも聞こえていないあなたの声が……。

王様の懺悔

あるとき、水もしたたるような艶やかな緑の蔓草が私の足元にするりと忍び寄ってきました。

ひとつるからみついては、あなたは千人の男の中で一番素敵、ふたつるからみついては、あなたは万人の男の中で一番素敵、足元から腰、腹、胸、喉、耳元へとくるりくるりぐるぐる巻きついて、這いのぼって、素敵素敵………。最初のうちは幻覚だろうか空耳だろうか勘違いだろうかと思っていたのですが、すてきすてきすてき、からみつくつるのひとつひとつから果てしなく耳に注ぎ込まれるその声はまるで心地よい歌のようで、すてきすてきすてき、まるで幸福のおまじないのようで、私はだんだん夢見心地になっていって、声が変調したのにも気がつかず、すてきすてろすてきすてろそれを捨てろ……、もともとが用心深い私の体と心を覆っていた鋼鉄の鎧が、からみつくつるからしたたる水にだんだん赤黒く錆びついて、はらりはらり花びらのように剥がれ落ちて、すてろすてろ正気を捨てろ、どうやら私は身を包んでいた鎧からどんどん浮きあがってくる赤黒い花びらに毒されて、正気をなくして、からみついてくるものはすべて私のものだ、すべて私の思うままだ、私は素敵だ、すばらしく素敵だ、素敵な私はこの世の王だ、ひとつるからめば千人の女がわたしのも

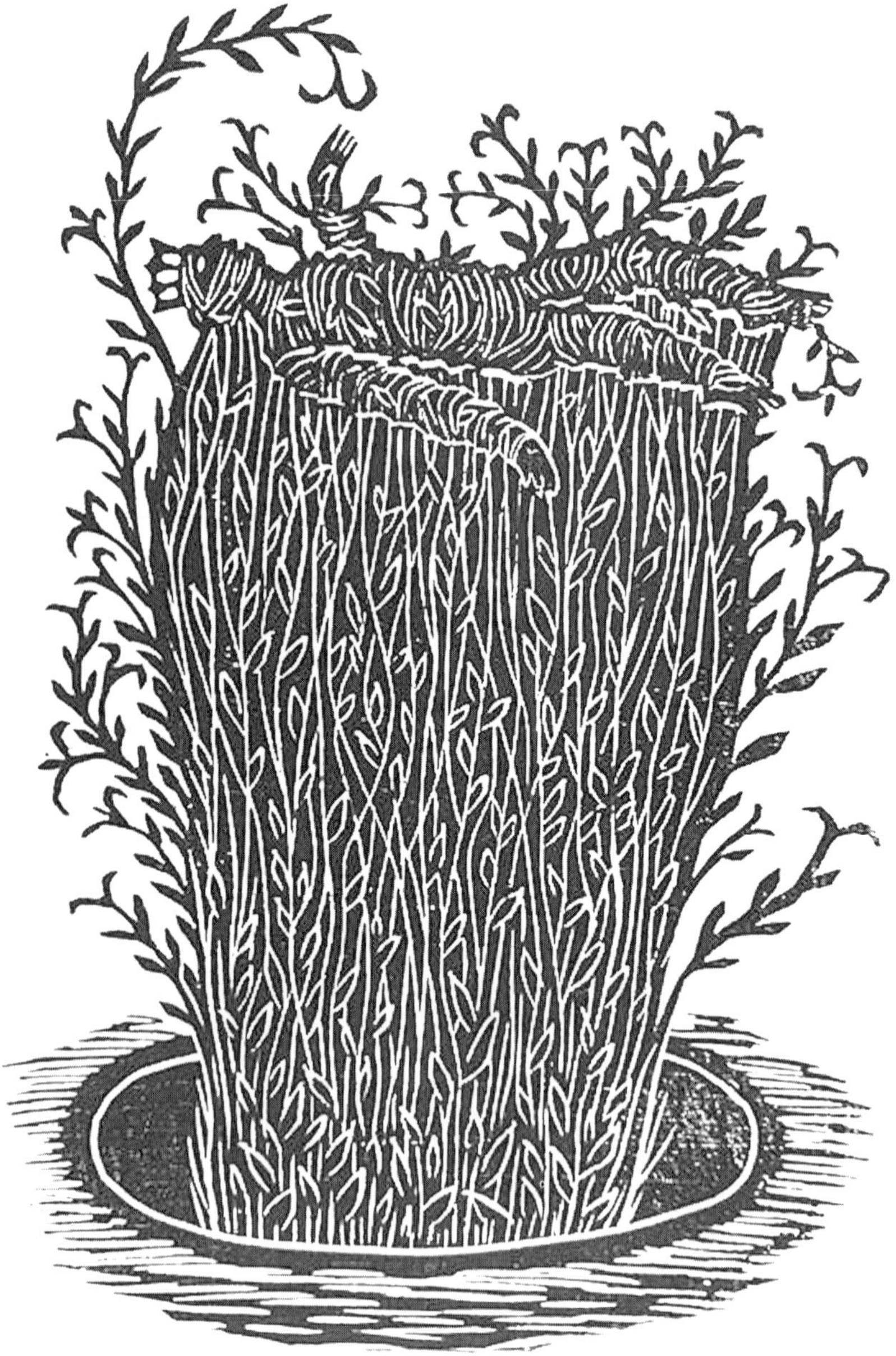

の、ふたつるからめば万人の女がわたしのもの、私は王だ、王様なのだ！
どうやら蛇のようにぬめりとからみつく蔓草に私はあっという間に狂わされてしまったようなのでした。

狂わされた。そう気づいたときには、もう、次の蔓草が足元にからみついて、私の耳元へとぞくぞくと這いのぼりつつありました。蔓草どもは見るからに弱々しいのに、私には、もう、それを振り払う力はありませんでした。

蔓草は、ひとつるからんでは、あなたは千人の男の中で一番の才能、ふたつるからんでは、万人の男の中で一番の個性、くるりくるりからんでは、天才天才あなたは天才、耳元まで這いあがって、耳の穴から心の奥底へと長く細いつるをのばしてゆく、鎧を剥がされて、裸にされた私の心の内側から私をじわじわ縛りあげて、身動きとれなくさせておいて、さあ、この蔓草を味わってごらん、滋味あふれるこの蔓草をがぶがぶ喰らえば、ほら、すべてはあなたのもの、世界はあなたのもの……。
無我夢中、がぶり、がぶり、喰らいついているのは私なのか、それとも私が蔓草に喰らわれているのか、だんだん意識も濁って朦朧としてきました。

私は身も心も天高く舞いあがりました。
地上に降りる術を見失いました。
たとえ心許ない蔓草でも、からみつく蔓草がなければ私は虚空に宙ぶらりん、
からまるつるから身を引き離せない、こわいこわい恥ずかしい、
私は自分を見失いました。
見失った私を、取り戻すことは、なおこわいことでした。
こわい、こわい、こわくてたまらないから、
なにより恥ずかしくて息も絶えそうだから、
私は私を見失ったこと自体を見失おうと思いました。
そう思うこともまた、たまらなくこわくて恥ずかしいことでした。

そうして私がこっそりとじたばたとしていたある日のこと、犬仲間の狂犬からもらったという一冊の詩集を読みふけっていた私の犬が、そのうちの一篇のほんの数節を、小さな声で、ぶつぶつと私をいらだたせる声で私に読み聞かせだしたのです。

「人間て呪われているのですネ。わたしがそうされていないので、ソレがわかった」

「元始、人間て呪われているのです」

――「哭」より。狂犬ヒデキ、こと末森英機詩集『鬼が花を嗅いでいる』所収

いらだつのは、聞きたくないことを言うからなのです。
聞きたくないのは、知らんぷりしていたいからなのです。

私は私にかけられた呪いの深さをよく知っている。その深さを思えば、くらくらします。
私に呪いをかけたのはいったい誰なのか？　それを思ってもっとぐらぐらします。

私には死んでも認めたくない私にまつわる真実があるのです。

犬よ、犬、私はもう呪いを解きたいのだ。
王様でも何でもない、生まれたばかりの赤ん坊のような、肉色の嘘もまだ知らぬ、
地べたを一歩、二歩、踏みしめて歩く、
ひとりの人間に戻りたいのだ。
戻れるであろうか？　なあ、戻れるだろうか？

おまえ、そんな目で私を見るな。
そうだ、おまえの思っているとおりだ、
おまえに問うても詮無いことだ、
私しか答えることの出来る者はいないのだ、
私はよく知っている、
知っているから、答えたくないのだ。

そうです、言うまでもないことです、私に呪いをかけたのはこの私なのです。

王様に捧げる犬の歌　その2

今日、犬は、なんだか元気のない王様をたった独り、城に残して、狂犬ヒデキに呼ばれて、狂犬集会に出かけてきたのです。犬は近頃解き放たれているかのような心持ちで、鎖につながれたりはずしたりも王様が決めるのではなく、犬の自由自在。でも、犬は犬だから、完全に鎖をはずすのはやはり苦手のようなのです。王様との間には、見えない赤い鎖があるようで、これだけはどうしてもはずせないようなのです。
見えない自縄自縛、見えない苦しみ。

狂犬集会ではイヌたちが歌います。あちこちの王様のもとで可愛がられたり疎まれたり撫でられたり蹴られたり泣いたり泣かれたり心の奥に忍び込んだり忍び込まれたりするうちに自然と口ずさむようになった歌ばかりです。
今日の集会で一番に犬の心を揺さぶったのは、狂犬ハラが歌ったこの歌でした。この歌を覚えて帰って王様の耳元で歌って差し上げたいと思ったのでした。

さあ、歌います、犬が歌います、元気のない王様、どうかがっくり頭を垂れずに最後まで聴いて……。

にんげんは　だれも
ふかいかなしみを
いっこずつ　もって
うまれてきたのだ

つらいよるを　やりすごすために
でたらめのおまじないをこしらえて
いぬたちにしかきこえないような
ほそいこえでうたっているのだ

——原マスミ「人間の秘密」より

狂犬ハラは、こわい、こわい、と叫びながら、この歌を歌っていました。
そりゃそうでしょうとも、
にんげんのほそいこえのでたらめおまじないに呪われて縛られてすっかりやられてしまうのは犬ばかりなのですから。

犬は、にくたらしい、にくたらしいと呟きながら、この歌を歌いました。
さびしい王様のために。
さびしい犬自身のために。

王様に捧げる犬の最期の歌

今日もまた犬は王様には聞こえないほそい声で歌います。
でも、この歌は、王様に聞こえなくてもいいのです。
全然それでかまわない。
きっと、もう、王様は聞くまでもなくわかっていることだろうから。
おそらく、犬は、この歌を、久しく会っていない女王様へと届けたいのでしょう。
愛だかなんだか、
心地よさや心地悪さに酔うばかりの犬の優柔不断を、
遠巻きに心優しく突き放してきた女王様に。

さあ、王様に捧げる犬の歌、女王様に聞き届けてほしい犬の歌。

王様、王様、私の心の底をあなたは踏みにじって踏み抜いたでしょう

底をなくした私の心はどこまでいってもきりのない黒い穴になりました
私の黒い穴はこの世のすべての黒い穴と結ばれました
果てしなく黒い歌、黒い言葉、黒い憎しみを噴きあげてくるのです
止まらない、止まりません、噴きあがり、湧きいずる憎しみ
あなたへの憎しみ、どろどろ流れでる熱い溶岩のような憎しみ
燃えあがる焼きつくす憎しみ　苦しい悲しい寂しい憎しみ
王様、どうか、私の憎しみに焼かれてください
王様、どうか、熱い憎しみに溶けてください
逃げないでください、私を抱きしめてください
この憎しみを全身全霊で受け止めてください
命がけの業火であなたを憎む私を、命がけで憎みかえしてください
王様、どうか、私を全身全霊で憎んでください
あなたの憎しみで、私の憎しみを吹き消してください
王様、私の生きてきた時間の中で、あなたほどに私が憎んで憎んだ人はいないのです
王様、どうか、ほかの誰よりも、私を憎んでください
私の底なしの黒い穴に、どうか、底なしの憎しみを注ぎ込んでください

私の底なしの黒い穴に、私の底なしの愛が湧きいずるまで、どうか、私を
憎んで憎んで
そして愛してください

これが最期と犬は息も絶え絶え言うけれども、おわればはじまり、はじまればおわり、またはじまり、永遠にぐるぐるぐるり、これもまた星の教えなのである。

エピローグ

おわりなのか、はじまりなのか、声ひとつ

おわりとはじまりのあわいを曖昧にどこかからみあうさきを探しもとめて漂う声ひとつ。

「罪に咎められた者は弁明を許される。語りが過去をつくる」。


おまえは犬か？　王か？　Kか？　女王か？

おまえは罪人か？　おまえは有責な者か？　いったい誰に対して、何に対して、罪を犯した？

それにしてもずいぶんと思わせぶりな甘ったれた声だな。無責任に声を虚空にさまよわせるおまえは誰だ？

（そう問うている私はおまえを知っている、おまえが私を知っているのと同じくらい、私はおまえを知り尽くしている）、

そうか、弁明したいのか

あいもかわらずからみつくような見苦しさだな、おまえ

語りが過去をつくるだって？
違うね、おまえが過去を殺すのだよ
殺されて虚ろになった過去に、おまえが別の何かを注ぎ込むだけなのだよ
語りは、ただただ、おまえの今とともにあるのみなのだよ

過去とは過ぎ去った無数の今である
過去とはくりかえしくりかえしやってくる今なのである
未来もまたくりかえしくりかえしやってくる今なのである
この永遠回帰の今をおまえは語りうるか？
そもそも、すでにあらかじめ過去形も未来形も含みこんだ現在形の言葉をもってしか
われらは語ることはできないのではないか？

（おまえは私かもしれないねぇ、でも私はおまえではないよ、だって私は私の内なるおまえを殺し
たのだから）

さあ、できるものなら、弁明してごらん
死者の声で語りだされるおまえの物語を聞こうじゃないか

◉姜 信子◉

1961年横浜市生まれ．作家．85年，東京大学法学部卒業．86年に「ごく普通の在日韓国人」でノンフィクション朝日ジャーナル賞受賞．著書に，『ごく普通の在日韓国人』『うたのおくりもの』（いずれも朝日新聞社），『日韓音楽ノート』『ノレ・ノスタルギーヤ』『ナミイ！八重山のおばあの歌物語』『イリオモテ』（いずれも岩波書店），『棄郷ノート』（作品社，熊本日日新聞文学賞受賞），『安住しない私たちの文化 東アジア放浪』（晶文社），『追放の高麗人』（石風社，地方出版文化功労賞受賞），『今日，私は出発する　ハンセン病と結び合う旅・異郷の生』（解放出版社），『はじまれ 犀の角問わず語り』（サウダージ・ブックス＋港の人），『生きとし生ける空白の物語』（港の人），『声 千年先に届くほどに』（ぷねうま舎），『はじまりはじまりはじまり』（羽鳥書店），訳書に李清俊『あなたたちの天国』（みすず書房）などがある．

妄犬日記

2016年5月24日　第1刷発行

著　者　姜《きょう》 信子《のぶこ》

発行者　中川和夫

発行所　株式会社 ぷねうま舎

〒101-8002　東京都新宿区矢来町122　第二矢来ビル3F

電話 03-5228-5842　　ファックス 03-5228-5843

http://www.pneumasha.com

印刷・製本　株式会社 ディグ

ISBN 978-4-906791-57-6　　Printed in Japan